无人区

WU REN QU

杨志军 著

青海人民出版社

图书在版编目（CIP）数据

无人区 / 杨志军著 . -- 西宁 : 青海人民出版社 , 2020.7（2021.10 重印）
（杨志军藏地小说系列）
ISBN 978-7-225-05989-1

Ⅰ . ①无… Ⅱ . ①杨… Ⅲ . ①长篇小说—中国—当代 Ⅳ . ① I247. 5

中国版本图书馆 CIP 数据核字（2020）第 129445 号

杨志军藏地小说系列

无人区

杨志军　著

出 版 人　樊原成
出版发行　青海人民出版社有限责任公司
　　　　　西宁市五四西路 71 号　邮政编码：810023　电话：（0971）6143426（总编室）
发行热线　（0971）6143516 / 6137730
网　　址　http://www.qhrmcbs.com
印　　刷　陕西龙山海天艺术印务有限公司
经　　销　新华书店
开　　本　890mm × 1240 mm 1/32
印　　张　6.25
字　　数　140 千
版　　次　2020 年 10 月第 1 版　2021 年 10 月第 2 次印刷
书　　号　ISBN 978-7-225-05989-1
定　　价　42.00 元

目录 CONTENTS

引　子　001

第一章　黄金台　003

第二章　驴妹子　021

第三章　桦树林　045

第四章　叛　兵　063

第五章　金星骨殖　078

第六章　通地坑　094

第七章　积灵河边　113

第八章　大　水　133

第九章　荒　雪　150

第十章　火狐狸　172

引 子

听到了许多，看到了许多，就想把它们写出来。最初的材料是零散的。

初冬，唐古特古金场出现大雪灾，数万淘金汉仓皇奔逃。就在他们穿越唐古特大峡时，雪崩发生了。老天爷将最后的也是最隆重的恩典——死亡，赐给了他们中的一部分人。谁也说不上到底死了多少。

也是初冬，但没有下雪，人们在习惯上还把日子当作秋天打发。某县存放狐狸皮的仓库燃起大火，殃及四周，烧毁了一座百货大楼和一个汽车站。

大火不久，围子村的张不三包庇坏人并害死了亲生儿子，法律的面孔对他刚刚露出一丝快意的冷笑，他却逃之夭夭。这个地球上谁也拿他没办法。

还是在围子村，有个要饭的残废老人被人们扔到沟里摔死了。过了很长时间，老人的尸体已经腐烂，有人意外地发现死者的棉袄夹层里装的全是黄金。一般人谁也想不通，一个腰缠万贯的人，为什么还要过一种拖着残体四处乞讨的生活。他身上的黄金可以盖一座大饭店。

与此同时，在远方的城市，一个额头上有一块伤疤的青年被公正无私的执法机关判处了死刑。他的罪状是在担任金场管理所所长期间，利用职权，执法犯法，多次侵吞黄金，价值达四十五万元。并先后敲诈钱财、收受贿赂三万二千五百六十元。

夏天，美国 NWS 白鲸跨国公司准备进口大量的唐古特狐狸皮。签署合同前，他们派员考察唐古特狐狸资源。在夜沉沉的蛮荒之野，在考察队的宿营地，一只（或者几只）狐狸像蛇一样柔滑地潜进帐篷，咬断了正在酣睡的两个美国人的喉咙。

同样的事情也发生在古金场中部的黄金台上。那是白天，有人探头探脑走进黄金台西坡的石窑里。突然一块大石从头顶掉下来，他被击昏在地。黑暗中窜出一只庞大的狐狸，扑过去咬断了他的喉咙，吸干了他身上的血。死者没有名姓，熟悉他的人谁也不知道他已经死了。但狐狸却认识他，并且知道他是来故地重游的。

本部小说记述的就是与这几起事件有关的故事。

第一章 黄金台

唐古特，一个高原部族的名字。部族在时间的流逝中消亡了，唐古特却被人用来称呼部族生存过的地方。这地方位于昆仑河以北，祁连川以南，东接巴颜喀拉雪谷，西邻唐古特大峡。好大一片荒原，辽阔而遥远。正如世界上的许多地方，离人群居住区越远，拥有的宝藏越多。很早以前孤独的探险者就发现，唐古特的岩石土层里有一些闪闪发光的东西，所以就又称之为唐古特金场。顺便提一下，不知什么缘故，在生物界，学者们又习惯于用“唐古特”这个词来指代整个青藏高原。

不清楚是从什么时候开始的，唐古特金场每年都会有一个热闹的夏季。成千上万的淘金汉从各自的家乡走来，穿越唐古特大峡，进入古金场。于是，古金场空旷的原野上有了凌空飞翔的诱惑和潜地流动的人欲，有了冒险者大口喷吐的狂喜狂悲的气雾。那一年，夏季被一阵凄厉的荒风送来了。荒风连点绿影子也没留下就又狂放地别去。随之就是沉默的人流，就是数万双放射出股股欲火的眼睛。刹那间，荒原上有了点点白帆一样的帐房，有了挖胶泥、垒锅灶的忙乱和冉冉拂动的炊烟，有了占地盘、揭地皮、掏地坑的劳作。沉寂了一冬一春的古金场直到这时才打起精神来，用自己的富有和深厚，冷静地抚慰着一张张和地貌一样粗糙的苦巴巴的面孔，时不时地挑逗起这些面孔上的惊喜和傻愣来。谷仓人自然也不例外。

谷仓人进入古金场后发现许多好地方已经被人占了，只得沿着横贯古金场的积灵河朝荒原深处走去。当他们走到一座土石混杂的高台前时，已经十分疲累，都想歇歇，后面的人便用哼哧声示意走在前面的金掌柜停停。金掌柜谷仓哥哥回头看看那些腰来腿不来的伙计，有心无意地骂了句什么，算是允许了他们的要求。他兀自前去，没走几步又突然停下，喊道：

“红狐狸，你们看，前面有只红狐狸。”

许多人瞪起眼，瞅了半晌也没有看到什么，便喘出粗气，东倒西歪地坐下。唯有挑着两撇翘天胡子的周立通好奇地问：

“哪儿？我咋看不见？”

“你没这灵性。”说着，谷仓哥哥掏出一块干粮朝前扔去。

干粮在空中倏然不见了，像丢进了无底洞，连落下的声响也没有。这时，在人们刚刚扫视过的那块岩石顶上升起了一团火焰——红狐狸火样的绒毛随风唰啦啦抖动，那干粮就叼在它的尖嘴上。伙计们迅速站了起来。嗖嗖嗖，干粮块如冰雹飞去，刚落下，红狐狸就消逝了。他们顿时紧张得不敢大声出气，歪斜着眼互相传递着惊悸。谷仓哥哥却笑了。让人困惑的古金场时时都有令人毛骨悚然的吉兆，这个他是深懂其妙的。他不希望伙计们紧张，便哼唱起家乡的儿歌：

学样儿，学样儿，
阿妈剪了个鞋样儿。
鞋样儿扯掉了，
阿妈打给一顿了。

“怪！来无声去无影，不知升天了还是入地了。”

“怪啥？神鬼不买你的账。”

“买你的账就成啊！”周立通又道。

谷仓哥哥得意地笑笑，扮出一副睥睨荒野的神情，大步过去，来到岩石前一道六尺高的坡坎下。他也想歇歇了，卸下肩膀上的镐头，朝前扔去。“砰”一声，镐头碰落了一块石头。石头骨碌碌滚下来，砸到谷仓哥哥脚面上，好疼。他抬脚想踢，眼前突然闪耀金光，脚悬空停了一会儿，又一下将石块踩住，身子凝然不动了。片刻，他眼珠朝旁边一滚，见周立通就在身后，便倒地脱下衣服，弯腰铺在地上，就势躺下，冷不丁说了一句不合自己身份的话：

“这个活人不来死人不挺的地方，我没力气走了。”

周立通蹲到他面前，眼光贼亮。“我也看见了。”他压低嗓门道，见谷仓哥哥不住地眨眼，便马上改口，“你那身子是叫野女人榨干的。”

“榨不干哪有你啊！”谷仓哥哥用手指将土撩向他。

周立通吃了一嘴土，呸呸呸地啐他。一个再撩一个再啐。谷仓哥哥恼了，跳起来撕住周立通的衣领，一拉一推，在对方倒地的同时，又狠踹一脚。周立通鬼叫一声，翻身抄起镐头。

伙计们倍觉兴奋，拍巴掌给他们加油：“蹦蹦跳跳，打打闹闹，母猪学人笑，公狗也摔跤，老婆叫人抱，吊死有毬毛。”

谷仓哥哥佯装惊惧地弯着腰朝后退去，忽地卷起衣服，满怀抱着，蹬腿就跑。周立通扔下镐头追去，一串儿脚步声一串儿骂，无非是翻祖宗倒先人罢了。尘埃腾起，高高兴兴地翻卷着。一道弦月形的土梁出现在他们面前。两个一前一后跑进弦月怀中，喘息不迭地面对面坐下了。

“一人一半。”周立通紧张得不敢睁眼，晃着脑袋急急地说。

谷仓哥哥掂掂手中那块打地下钻出的沙金：

“砸开就不值钱了。咱凭良心，换了钱对半分。少一毛，你把我家的房子烧了。”

周立通犟犟的：“不成！”

“贪鬼！木头脑袋贼眼睛，你以后少跟着我。”他起身要走。周立通跳起来死死拉住他。

“这里是分的地方吗？上！”谷仓哥哥厉声道。荒风扑来了，万道金光的太阳和金光万道的大地肚皮贴肚皮，将两个荒野弄潮儿挤上了高台，挤到了台坡西面的那一眼幽深黑暗的石窑前。

“砸吧！”周立通拍拍窑口一方光洁的青石。

谷仓哥哥不理，径直朝里走。周立通紧撵几步跟上。顿时，他们被黑色吞没了。那黑色是柔软的海绵，舒畅地伸展，又被人挤压着，渐渐收缩。窑两边有些毛烘烘的阴生植物，顺着窑壁往上爬，爬到窑顶后又把细长而带刺的胳膊伸下来，时不时地抓人一把。周立通的脸被抓破了，惊叫一声，却发现叫声引来了更多的绿色利爪，在他眼前奓开又蜷起，而谷仓哥哥早已不见了，甚至听不到了他前去的脚步声。周立通停住，一会儿又挪着后退，觉得四周空荡荡的无依无靠，忙将身子朝岩锥林立的窑壁靠去。黑色被搅扰得上下翻滚，窑壁突然裂开，将他的半个身子吸了进去。他感到有个巨大的湿漉漉的舌头在舔舐他，忙用手胡乱抓挠，却又被那舌头轻轻一挑，挑得他腾空而起，咚地摔倒了。等他爬起，向着黑色中的神秘力量乞怜一条逃生的道路时，发现不远处有个怪模怪样的人影。

“谷仓哥哥！”他提心吊胆地轻声叫唤。

那人应承了一声。

周立通急急靠过去，一把撕住他：“金子！你把金子分给我！”

他的脖子立刻被一双黑手掐住：“你们挖到金子了？”

声音好陌生，又阴又险，像鬼似的。周立通吓得浑身哆嗦。那黑影在他身上乱摸了一通后倏然离去了。他呆愣着，好一会儿，才心惊肉跳地挪动了脚步。正行间，忽被一道金光照耀得脑袋上金花乱飞，眼皮沉重地往下耷拉着。他赶紧用手蒙住脸，意识到自己已经走出石窑。阳光酣畅地蹦跳，一脚一脚地踏着他。好久他才睁开眼，看到伙计们正在和几个陌生人对峙。谷仓哥哥将一个吊眼突嘴的汉子朝前推搡着。

“我们早来了！三天前就住进了石窑。”

“哼！三十年前我们就住过。”谷仓哥哥伸手又要去推，那人啪一声将他的胳膊打开了。

“要来武的？我们围子人可从来没服气过谁。我叫张不三，杀人不剐第三刀。”

围子人？他们就是围子人？谷仓哥哥想起了一个住在积灵川的俊俏妹子。淘金汉们都说她是围子人的女人。他仔细瞅瞅张不三，说：“文的武的都不想来，就想叫你们滚远。”

张不三吊眼上的浓眉抖了几下，握锨的手便缓缓抬起。不远处的另外几个陌生人也虎里虎气地围上来。

谷仓哥哥回头看看自己身后那些并不准备强力压服对方的伙计们，恼怒地说：“都是些死人吗？怕啥？我们人多势众。”

张不三紧紧咬起牙关，凶狠地眯缝着眼，死死盯住谷仓哥哥，眼光一寸也不肯挪开。这时，一群谷仓人大声辱骂起来，挖空心思寻找高质量的污秽辞藻肮脏言语。张不三不禁退了一步，寻思该怎样对付辱骂。立在窑口的周立通突然尖声叫道：

“狐狸！”

刚才被谷仓人撞见的那只红狐狸又出现了，像火球滚动在原野上，渐渐滚向远方，在积灵河边闪出最后一苗火焰，便不见了踪影。张不三看着，心里一阵激动。不知为什么，很久以来闯金场的人都把遇到红狐狸当做吉祥的征兆。张不三觉得今年的运气一定很好，尽管一到古金场就受到了别人的挑衅。但他是自信的，这种自信使他毅然放弃了争斗，带着他的人很快离去了。

张不三是围子人的金掌柜。金掌柜就是金场上一个淘金群体的首领，用这种称呼是为了寄托一种希望：金子不久就会大块大块来到面前，总管这金子的人当然应该是掌柜的。掌柜的有绝对权威，他想干什么，他的伙计们就必须跟着干什么。他边走边对他身边的人说：

“等我们的人到齐了，把他们的头一个个拧下来。”

那几个人马上附和，似乎他们来金场就是为了进行一场残酷的肉搏。

谷仓人和围子人发生冲突的这座高台叫黄金台。

黄金台坐落在唐古特古金场中部的岩石错落带上。从东看很陡，土石层层叠起，用一种吓人的架势装扮着自己的高傲和威仪。半腰间的那两眼石窑就像牛魔王吐纳气雾的鼻孔，仰天洞开，煞是神气。而黄金台的西面是一抹平坡，如同女人的长发披散着铺开，铺向积灵河，铺向邈远混沌的地平线。长发之上也有一眼窑，窑口向南，扁扁的，镶着岩石的青光，像一支半月形的发簪。一道沟壑从积灵河上游歪歪扭扭过来，一头扎向黄金台，钻进坡面上那个豁裂了几次又弥合了几次的通地坑里了。

谷仓人当然不了解，为了这个通地坑，围子人的金掌柜张不三已经煞费了一番苦心。围子人是分两拨进入古金场的。头一拨十多个人由张不三带领，趁冰雪还没融化，冒险穿越唐古特大峡，成了这年夏季第一批来到古金场的人。和别的淘金汉不同，他们根本没打算满荒原去寻找含金量高的金砂地，占领黄金台是他们的唯一目的。另一拨由石满堂和宁进城负责，开着四辆手扶拖拉机，带着器具和炸药，随后缓进，这天下午才到达古金场。一进入这片蛮荒之地的门户积灵川，他们就被金场管理所的人拦住了，说要检查他们的行装，看有没有携带准备厮杀的枪支弹药。前去迎接的张不三生怕没收拖拉机上的炸药，挨个朝伙计们伸手，说权当是他借的钱，借一元还五元，秋后用金子抵账。凑足了五百元，他交给一个对他们态度最为蛮横的、额头上有一道伤疤的青年。那青年接过钱数数，仍然没有放行的意思。他嫌少。可葫芦里藏宝，即使有也出不来。伙计们个个都说，没钱了，除非把衣服扒光了做抵押。“破棉衣烂裤子，又臭又脏，谁要哩？”张不三骂着伙计们，又走到那青年跟前说：

“淘来了金子再补上千儿八百，同志，你就高抬贵手。”

“谁是你的同志。”那青年嘴角一撇，藐视着他说，“哄人也要看对象，我不是三岁的娃娃。你能淘得金子我可淘不着你。”

张不三十个指头嘎嘎响着攥紧了拳头。软的不吃来硬的，既然人家非要给他找麻烦，他也就没有必要回避锋芒。

“要咋？要行凶？”

“把钱还给我。”

“不淘金子了？”

“淘你妈的 ×！”

那青年哼哼两声，顿时就嬉皮笑脸起来：“骂人可不对，下次见我可要文明一点。走你们的路吧！”

张不三觉得自己镇住了对方，朝地上啐口唾沫，扭身就走。一个在不远处看热闹的人突然快步走过来，冲张不三道：“没出息货！票子就是擦屁股也不能给他们。”他长着浓密的络腮胡子，脸膛红光泛滥，滋润得就要渗出油来，五官拼命地朝四方扩张，那种开阔正如大地铺展着在向天空延伸。他有一对秃鹫一样刁顽凶狠的眼睛，眼角的褶子很粗，很有力量地弯到斑白的鬓边，看上去年岁正在花甲左右徘徊。但他说话朗气，步履稳健，洒脱的举止使他像个虎势势的后生。他撇下张不三，过去直面那个带伤疤的青年，吼道：

“把钱给我！”

一看这人的架势，青年心里就有些发毛。他知道，别看他是管理金场的人，一旦打起来，吃亏的往往是自己。淘金汉里有的是亡命之徒，而他在任何时候都不会忘记生命是第一宝贵的。他回头看看自己的几个同伴，有人冲他眨眨眼让他妥协。他还在犹豫，络腮胡子抓起他的手腕狠劲一捏，那攥着钱的五指便不情愿地展开了。络腮胡子拿了钱来到张不三跟前，唰唰唰数出一百来装进自己兜里，将那四百归还张不三："小意思，我得养活女人。"说罢便迈开大步乘风而去。围子人望着他，几个管理人员望着他。他就像在自己家里一样自由放浪，潇潇洒洒的姿影在温暖的荒野里如同翱翔的巨鹰，肩膀无畏地甩动着，甩出了百里荒风。张不三有点犯傻，想自己怎么就不能在伙计们面前拿出络腮胡子的气派呢？他把眼光扫向几个管理人员，希望他们再来找麻烦。可他们却多少有点狼狈地离开了。他遗憾地摇摇头，又对自己说，后悔个毬，表现自己的机会多着哩。

张不三带领围子人沿着积灵河朝前疾走，在一片桦树林中停下了。他激动地告诉那些后来的伙计们，黄金台已经被别人抢占，一场真正的搏杀就在眼前。围子人大部分都有过闯金场的经历，深知以强力征服是古金场的法规。这规矩要求每一个出色的淘金汉必须具备顿起杀心的素质。一听张不三的话，他们就明白赌博性命的日子已经开始了。

这是一个幽幽黯夜。夜色如同无声流淌的河溪，而那几百颗怦怦跃动的心便是这流波中光亮的水晶石，透过它可以看到人类天性中最原始古朴的那部分内容。已经不再有对后果的担忧了，野性的荒原给了张不三和他的围子人一片宣泄精力和激情的美丽园地。他们从积灵河边的桦树林出发，向谷仓人的驻地偷偷靠近——旷野里，列队成行的黑影在大面积漂移。

谷仓人的帐房就扎在黄金台西面的缓坡上，像一串黑铁锻造的链条紧箍着黄金台的双脚。这链条是由男人们坚硬的心灵组成的，心灵的光晕里，黄金台就像一个奇妙的金身女子。

月亮出来了，被纯净的天风摩擦得又圆又亮。张不三停下，薄薄的双眼皮里噙着两盏炽热的灯，朝队伍频频散播一轮一轮的亮波。他气派地摆摆手，学了几声狐狸发情时的嗥叫。这是暂停前进的信号，围子人的双腿全部牢牢地粘在了地上，也抑制了那种大轰大擂的呼吸，道道眼光唰唰唰地朝张不三甩去。他们从来没有这样步调一致过。金场自有金场的纪律，淘金汉中间自有一种金带子的约束和视服从为天职的习惯。张不三穿行在队伍中间开始下命令。他不断地用无声的手势，左一劈右一砍，划一个圆，然后朝空一拳，再伸开巴掌挥舞。人人点头，尤其是对那一拳心领神会：抄他们的老窝，捶他们的心脏，制服他们的金掌柜谷仓哥哥。

按照早已商议好的办法，围子人秩序井然地分成了两路人马，在夜幕的遮挡下，朝黄金台包抄过去。过了一会儿，只听张不三发出了一声只有雪豹能与之媲美的吼叫。他身后的人便迅速朝谷仓人的帐房扑去。另一部分人绕到帐房后面，爆发了阵阵喊声：

“天塌了，地陷了，围子爷爷打门了；要命的滚蛋，不要命的来前，作揖磕头随你便。”

在这个旷世荒阒的地方，他们在比嗓门，比粗野，比精神，一个比一个叫得响亮。雄壮的声音冲撞得帐房哗哗直抖。谷仓人穿衣蹬裤子，挤挤蹭蹭争先恐后地来到帐外夜色下，互相大声询问，眨巴着眼惊慌地向黑暗窥望。谷仓哥哥的脸唰地变得苍白，浑身一抖，高低不平地吐出了一串谷仓人事先约定的警语：

“风来了，贼来了，老虎吃天了！三家四靠，捣烂锅灶了！暑里的雨，缸里的米，快来快来，护住缸口了……”

谷仓人醒悟得太晚了，不等他们在金掌柜的呼喊下聚拢到一起，张不三就带头一蹦子跳了过去，残忍浮动在他那被热血烧红的脸上。谷仓哥哥急了，撕开衣服，亮出了一把别在腰际的短刀，用刀光和眼光胁迫张不三停止这种野蛮的袭击。张不三横着眼不动。那刀光便闪耀在谷仓哥哥粗糙的大手中了。

“想拼命？阎王面前要把戏，狗胆子不小！”

张不三说着一阵狂笑，抡起手中锋利的铁锨，朝对手飞去，一下没飞中，又飞出了第二下。对方手中的短刀脱手了，拇指和食指也随之凌空而起。谷仓哥哥意识到自己身体的一部分已经被铁锨削去，逼前一步，吼道：“拼了！今日拼了！”却被从张不三身后跳出来的石满堂扑过去压倒在地。

“谷仓人，还要拼命吗？”石满堂道。

谷仓哥哥没有讨饶的习惯，闭嘴不语，但也不想挣扎着起来。他明白任何蠢动只能给自己的性命增加危险。而在张不三看来，不反抗就等于乞怜。他跳过来将就要抬脚猛踢的石满堂推向一边，俯视着谷仓哥哥：“想活命就别多事，打打闹闹可是要流血的。”说罢，又吆喝石满堂去追逐别的谷仓人了。

进击的风暴再次掀起，围子人潮涌过来。沉甸甸的夜的大氅突然开裂，闪现星辉的黑色缝隙里，迸射道道血红眼睛的亮光，直扫个个呆若木鸡的谷仓人。混淆了人兽区别的嘶鸣，无数有棱有角的拳头，文明的铁器，还有无时不在被荒野强化着的亢奋精神，荟萃成一片黑色的蛮力，朝谷仓人压迫而去。谷仓人拥挤碰撞着，跌跌碰碰奔下台坡。可退路已被截断，迎面逼来的仍然是无法阻挡的凶悍的围子人。

毁灭发生了。这一刻寂寥广阔的天空有几颗流星从黑暗走向黑暗。荒原上的血色如同艳丽的瘢痕，衬着恢宏的大气凸现而出。张不三脸上的每一道纹沟都变得又直又深，眉峰朝眼睛拥挤，颧骨上的皮肉拼命堆积在一起，两个被镢头砍倒的谷仓人似乎就在他脸上蜷缩成了两条肉虫。不知是谁的镢头如此准确有力，他看到两个血窟窿分布在两颗年轻的头颅上。生命匍匐在泥土中，瞬间完成了最彻底的皈依，而来不及飞升的残灵只好借助大地的磁力，游弋在人尸周围，呢喃着向苍天祈祷：“来拯救我们吧！”这声音使张不三突发慈悲，好像他就是苍天的代理人，有权赐给别人快意的死亡，也有能耐指出一条坎坷不平的生路。他吸紧肚皮，发出一声表示停止打斗的嚎叫：

“呜——啊——呜——啊啊——”

人群的呐喊低落了，脚步声变得杂乱滞缓，黑潮不再滚动，大夜渐趋宁静。倏忽来转眼去，这是金场战争的性格。谷仓人落荒而逃，围子人没有穷追不舍。张不三明白：任何过分的打斗都意味着精力的浪费，意味着自杀。

又是一个金子般灿烂的早晨。金色的太阳从云里雾里淡出，渺远的大地上是无边的纯净。黄金台的坡面上，谷仓人的遗落物在温馨的晨风里抖索哀鸣：用锨用刀割裂了的帐房碎片，撕扯成了千条旗的衣服，破碎成六瓣莲花的铁锅，撒了一地的白花花的面粉，丢弃了的淘金工具，还有人体的热血，殷红殷红的，点点滴滴地连成串儿，勾勒出红艳艳的版图界限，或是一笔一画地书写着恐怖和愤怒的文字。

在这红色的文字中，安息着谷仓哥哥的那对粘连在一起的指头。对张不三来说，所有弃物中，这指头是最醒目的。只要一眼不眨地耐心观望，就会发现它并没有死去，有时在痉挛着跳舞，有时又在舒展着歌唱，尽管那期期艾艾的声响算不得什么歌曲。

对了，它在向祖灵祷祝。

在想到这个问题的同时，张不三就感到一阵凉气袭来。人人都有祖先，人人都会有对祖先灵魂的敬畏，而包括谷仓人在内的所有人的祖灵都是伟大神圣且有权威的。淘金汉遇水见桥、望山有路的好运和摆脱困境、化险为夷的种种机缘，永远离不开祖灵的暗中帮助。他惊悸地四下掀动眼皮，终于觅到了那座谷仓人寄托虔诚的祭坛。

设祭坛是淘金汉们的古老传统。谷仓人的祭坛在黄金台的西坡上，砾块垒就，摸不透它到底是什么形状，北风来它是两个三角形的重叠，西风过它又成了凸起无数棱角的旋转的方梯。烟雾漫散，祭坛上平添一种迷茫混沌的景致。仁慈的祖灵就匿身在这人眼看不透的烟雾中。张不三所恐慌的正是这看不见摸不着的东西。它在他心里时而发出平静明朗的笑语，时而又有狡诈阴险的哭声。这哭声告诉他，更大的威胁并不在于随时都可能出现的谷仓人的反扑，而在于仍然盘踞黄金台，借用千变万化的自然音响恫吓着他们的那个陌生而可怕的谷仓人的祖灵。在同一块地方是不能有两种祖灵的。不幸的是，谷仓人的祖灵不去，围子人的祖灵就不来，设祭坛、立牌位也是干蛋。

张不三扭身就走，很快隐入了西坡石窑。窑中已经有亮色了，爬满窑壁的阴生植物被人铲下来，正在火堆中痛苦地呻吟。石窑深处过去也许塑造过法相神位的平台上，已经被铺盖罩住，平台下的地上也排列着行李，年长的在上，年轻的在下，这界限早在数千年前就已被祖先划定，用不着张不三操心。他只是按习惯检查了一下，就叫来石满堂和宋进城，开始布置驱逐谷仓人的祖灵的事情。

驱逐谷仓人的祖灵，要在夜晚天空泛滥乌云时进行。当月华的瀑布被云坝截断，群星也不再洒下金色光雨时，盘踞黄金台的谷仓人的祖灵也就无法获得老天爷的怜悯和帮助而羁留不去。耐心非凡的围子人坐等时机，直等到子夜将尽，积灵河畔的唐古特蓝马鸡忍不住觅食的欲望，嘎嘎叫着，伸长脖子想将太阳从河水里捞出来时，云翳裹着湿润的露水，才从远方的积灵山坳里缓缓漫到黄金台的顶空。张不三的声音响起来了：

“谷仓灵儿，谷仓灵儿，不少胳膊短腿儿，还不快去撵你的孝顺孙娃儿。”他一连喊了三遍，那谷仓人变幻莫测的祭坛就被石满堂带着十来个精壮汉子推倒了。这也是先礼后兵，刚柔兼济，话语儿好生劝慰，动手动脚彻底摧毁。之后，张不三又是一阵吆喝：

“冬日主伏，灵儿进屋；夏日主出，灵儿走天府；秋日好景致，满山羊来满坡猪，油汤溢满河，河里肥肉多，快去快去，海吃海喝，猪大肠进肚。”

而别的人却嗨哎嗨哎地拉起了节奏缓慢的号子，一边滞重地迈步，一边颤悠悠挥舞铁锨、镢头。刹那间，黄金台西边的土坡上，智慧勇敢的围子人个个都成了被恐怖和神秘驱使的训练有素的巫师。

面目可憎的谷仓人的祖灵果然胆怯了，惊慌地抓来几股荒风，快快扔向围剿追杀它的围子人，又用脚踢起阵阵迷乱人眼的尘埃。

“跑了！它跑了！”宋进城喊道。

“就在那儿！追！”张不三黑不溜秋的身子又抖又扭，连自己也不明白举起的手指向了哪里。

但人群却明白，他们举起淘金工具，在自个儿脚下一阵疯狂地乱剁。而后，又拥挤着跑向一块还没有留下扫荡痕迹的空地，将剩余的精力全部发泄在了几个土堆土塄上。黑色的天空下黄尘飞扬，所有隆起物都被铲平，而谷仓人的祖灵不是被剁碎，就是逃之夭夭了。围子人相信的自然是后者，因为他们害怕有朝一日自己的祖灵也会被别人剁成粉齑。

天亮了。积灵河水哗啦啦响着，将太阳频频呼唤，而首先呼之欲出的却是又一座圣光可鉴的新祭坛。坛上，象征祖先也象征命运的花岗石已经立起，半人多高，光滑洁净，坛身方正，阴阳对峙，乾坤分明。围子人相信他们的祖先肯定是天底下最为荣光、最有灵性、最能尚武的先民，不然，这祭坛何以要造得比谷仓人的气派阔大呢。

“点猫儿了！点猫儿了！”张不三高兴地喊着，划着了火柴。

没有灯盏，不成祭祀。但淘金汉管灯叫猫儿，因为“灯”与“蹬”同音，意味着一脚蹬、走运气，而猫儿却是抓老鼠的。金子如老鼠，见洞就有，一哄就出，淘金汉全是捕技稔熟、机灵可爱的大猫小猫白猫黑猫。

猫儿着了，猫儿又灭了。这可不是好兆头。第一次来金场的半大小子连喜忘了别人的事先交代，着急地跺着脚说：

“骡子不上套是缰绳没拴好，你把灯稔子弄长点！”

许多人帮腔，可张不三却手攥火柴不动了，恶狠狠地瞪连喜一眼，扔下火柴退到一边。这时，连喜猛然醒悟，吓得惊叫一声。

“咋了？”生性迟钝的王仁厚问连喜。

“他把猫儿叫错了。”宋进城说。

大家这才反应过来，默然了一会，便朝后退去。祭坛前，留下连喜一个人，朝四下瞪眼扫视。静悄悄的土坡上，莫名其妙地传来了一阵怪响，吓得他浑身紧缩，双手朝胸口捂去，胸中是那颗因恐惧而激跳不已的心。

犯忌者是要受到惩罚的，轻则遭打，重则开除，而最轻的是让你面对猫儿直腰跪拜整整一天，祈告神明恕罪。连喜跪下了。他现在唯一的希望就是张不三萌生善心，别再加重对他的惩罚。他和大部分淘金汉一样，既要依靠金子娶媳妇，又要依靠金子养活父母弟妹，责任重大，将他开除回去，那就意味着断他的光景杀他的父母。他把心提到了嗓子眼上。可过了一会，他听到的却是张不三的笑声。他毛骨悚然地猛回头，见张不三招手让他起来。

“算了！板子不打嫩屁股，列祖列宗会原谅的。不过，不能叫大家看出我对你的偏向，这样吧，罚你打捆柴来。”

张不三说着抬眼望望积灵河边那片在晨光中淌绿流翠的桦树林。石满堂长出一口气，过去拉起连喜，将自己腰中的那把砍刀塞给了他。祭祖做饭都得用柴，这本是石满堂分管的事，现在他只好暂时移交。连喜眼睛眯了起来，笑着向宽容的金掌柜鞠了一个躬。张不三也笑了，笑得有些像哭，其实，他很明白，此时对连喜的惩罚莫过于让他进桦树林打柴。如果连喜一去不归，那就说明谷仓人并没有跑远，就躲在林子里窥视着黄金台，随时准备反扑。

一个钟头后，连喜安然无恙地回来了。他背着比他身子大好几倍的一捆柴，腰弓着，脸却懵懵懂懂地仰起，望着张不三傻笑。宋进城赶紧过去，要帮他卸下。他躲闪着，非要自个儿把那捆柴背到窑口不可，没走几步，脚一歪，便朝地下扑去，好大一捆柴重重地压在他身上。宋进城和张不三过去连人带柴一块扶起，又帮他将柴卸下。

“你不会少背点，又不是金子。”

连喜没理会宋进城，又问张不三：“再砍一捆吧？”

宋进城抢着回答：“别逞能了，掌柜的不会开除你的。”他说着，偷瞥一眼张不三的脸色。

张不三点头，突然抑制不住地问道：

“你没看到啥？”

“看到了，兔儿打洞雀儿飞，嘁嘁喳喳的。”

“有雀儿？”

“多啦。”

“有野鸡吗？”

“见到一个，花的。”

“你咋不打？”

“我没枪。”

“那你的枪呢？叫老鼠吃了？”

张不三哈哈大笑着走了。宋进城狠狠地盯着他的背影。

“咋了？”连喜分不清吉凶，急问道。

“没咋。以后小心点，话说不到点子上就装哑巴。”宋进城说罢就去撵上张不三，“林子里应该有谷仓人。”

“连喜不是说没有嘛！”

“那就怪了。”

“大惊小怪。”话虽这么说，可他心里却闷闷的。

“谷仓人害怕了，金疙瘩就是我们的了。你高兴，大家高兴，要是驴妹子知道了她也高兴。”

“驴妹子？”张不三眉间跳出四五道肉棱来。对宋进城这个喜欢卖弄聪明，说话总希望让人回味的人，他多少有些嫌恶，可又舍不得丢开。他想了想，一下明白了对方的暗示：“你是说他们要报复在驴妹子身上？”

“我想不会吧。”

第二章 驴妹子

断斗结束之后，谷仓人还没有来得及集中起来，谷仓哥哥就在黑夜的掩护下悄悄离开了自己的伙计。和他一起的还有紧跟他寸步不离的周立通。他的离去也许意味着古金场的和平与安宁。因为他不想让自己人知道他们的金掌柜已经身负重创，更不愿因此而酿成一种祸患——每个久经金场的人都能预见到的那种血流成河的人祸。不错，这就是他要快快走出古金场的原因了。

他们沿着积灵河溯流而上，钻进积灵河东侧那个和黄金台上的石窑同样幽深的响水洞里，用清泉洗涤伤口，再挖一把紫叶草裹缠右手。那草是老天赐给生灵的神奇物，止血止疼，消毒消肿。之后，继续走路。黑夜蒙蔽了他们，也麻醉了他们。天亮的时候，他们来到积灵川。这地方是唐古特古金场最繁华的所在。几排牢固的石头房子里住着金场管理所的人，还有国营和私营的商店，主要向淘金汉出售日用杂货、黄酒香烟。离石头房子不远，隔着一片四季常青的杉木林，依傍积灵河坐落着一些土坯房，一看房屋东倒西歪、破烂不堪的样子，就知道它们的主人只想临时凑合，不打算长期居住。土坯房是淘金汉们自己盖的，里面住着一些愿意来金场陪伴男人的女人。这些女人有的是金掌柜花钱给自己雇来的；有的却没有固定的主儿，只要能从淘金汉身上抠出几星金子，她们乐意奉献一切，也乐意接受一切人的奉献。她们在古金场创造着人间气息，给淘金汉们煽动着另一种欲望之风。大概也是由于黄金的作用，杉木林那边的金场管理所对她们视而不见。

积灵川离可以走出古金场的唐古特大峡只有十多里路，但谷仓哥哥已不想继续赶路了。他觉得浑身一阵困乏，四肢拼命下坠，有些前脚提不起后脚的感觉。他招呼周立通停下，立在一间面朝积灵河的土坯房前，用脚轻轻踢门，一连踢了好几下。周立通喊道：

“你没见铁猴把门吗？”

谷仓哥哥其实早看见了，他只是想踢，似乎多踢几下也是一件快意的事。“铁猴把门也得歇歇，实在走不动了。”他说着，左手抱着右手，抖抖索索扭转身子。周立通殷殷勤勤拉住他坐到门边墙根下用来当柴烧的一堆茅草上，从身上摸出一个酒葫芦来：“喝！暖暖身子压压惊。”

淘金汉中没有不喜欢喝酒的。谷仓哥哥喝进去的是酒，吐出来的是往事和惆怅：“你知道吗？我和她……”

“知道。前年你一个人来金场碰运气，粮食吃完了，要饭要到她门上……”

“不对。我是冻僵在路上了，她把我弄进这间房子里，用眼睛给我暖身子。咳！那眼睛，两团火，天越黑，它就越明。”

酒没了，眼前的迷茫也没了，八月河川的早晨是清亮清亮的。清亮的岚光中，传来一阵脚步声，一个穿着蓝底白花衫子的妹子挑着一担水从那边走来。谷仓哥哥急忙站起，精神大振。

“你先走吧！今儿我要在这妹子炕上歇哩。”他朝周立通挥挥手。

“你连妹子的门槛也迈不进。”周立通激他。

“金子手里攥，不怕她不让我进。金子，金子，女人的身子。”酒的作用使谷仓哥哥挺了挺胸脯。

“有金子你也不敢，这妹子是围子人的。”

“你说我不敢？天王老子的干女儿我也敢。”

“眼见为实。”

“好！我今天叫你长长见识。”

周立通伸出了右手，他伸出了左手，两只巴掌一声响，条件是周立通提的：如果谷仓哥哥敢去抱住这漂亮妹子亲一口，那块沙金就全都归他。这时，妹子正好过来。谷仓哥哥上前拦住，涎笑着呆望。妹子水眼一闪，知道遇了邪，连忙将一担水放下，想快快回避。谷仓哥哥如狼似虎地扑过去，用一条胳膊将她搂住，看她左右挣扎着，便又倏然放开，嘿嘿嘿地傻笑着后退了好几步，然后对周立通摇摇头，红着脸叹气。

“算了，妹子不愿意，妹子不认识我了。”

“不能算！”

“有本事你来。”谷仓哥哥拍拍自己的棉衣，“金子押上啦！”他看周立通不动，便脱下棉衣扔到地上。

周立通顿时感到一阵紧张，犹豫了片刻，捏起拳头给自己壮壮胆，猛跳过去，从后面抱住转身就要逃走的妹子，吊长脖子，瞎猪滚泥般地将头探来扭去，也不知亲在了哪里，听到叭的一声响，便松了手，返身跳过去，一把揪起谷仓哥哥的棉衣，将里边的一块补丁哗啦撕开：一眨眼，那块用棉花裹着的沙金就揣进了他的怀里。妹子看着有点纳闷了，想恼又恼不起来，呆愣地望着这两个可憎可笑神经又有点毛病的怪人。谷仓哥哥憨憨地笑起来：这不过是趁兴耍笑，吃辛吃苦、担惊受怕弄到手的金子，哪能就这样移了主儿呢！大不了分给他一少半。可周立通却是个不会耍笑、实实在在的角色。他丢下女人和伙伴，也丢下了全部的义气和友情，转身就跑。等谷仓哥哥醒过神来大步撵过去时，他已经消失了。土坯房那边的杉木林为周立通做了半路剪径的同谋。

“立通！立通！”

这急切忧虑的喊声先把谷仓哥哥自己喊懵了。他一屁股坐在杉木林边，用一只手又撕头发又捶胸。捶够了，一蹦子跳起，就要追，一侧身，见妹子立在身边。他愣了。她却在用眼睛微笑。好眼睛，水色荡漾，勾男人的魂儿只需轻轻一晃。他不由得平静了许多，想给她说几句歉疚的话，可词儿一时卷不上舌头，急了，便又开始捶自己，捶了一下，第二下就用错了手。他哎哟一声，抱着右手原地跺脚。痛苦非常适时地让他清醒了许多：好一个出人头地的金掌柜，竟是这样的不堪一击。做作的强悍，在众人面前假装的天地不怕的派头，一时半会的勇武，统统都被迅速剥去了。原来，赤裸裸的他从来就不是一个把冒险当乐趣的真正的淘金汉。他之所以离开大家，仅仅是因为他已经有了金子。既然古金场对他的厚爱被他看做了撵他回去的信号，他何苦要为了别人、为了黄金台把性命搭上呢！金场上的人命说丢就丢，一个懦夫呆汉是没有理由陶醉于危险之中的。可现在，身子残了，金子也丢了，剩下的就只好交给时间和命运了。人们都说，团伙里昧了金子的人要受到粉身碎骨的惩罚。那么，对他的惩罚是已经降临了，还是正在半路上向他悄悄遁进呢？往后，他的那些伙计们的命运又将如何？——在村里他是个出类拔萃的好小伙，纠集乡亲们出来闯荡金场，他又是掌柜的，他是无法摆脱这种牵挂的。

他任凭妹子扶住自己因眩晕几欲摔倒的身子，任凭她捧着自己断了两根手指的手去惊骇无主地吹拂凉气，又任凭她拉着自己的胳膊离开湿润清新的林带边缘，走进了她那间土坯房。

谷仓哥哥斜靠在被垛上，像个娃娃，一声不吭地看着她给自己换药。妹子家也有紫叶草，而且是晒干后碾成面的，混杂着消炎粉和不知从哪个神庙撮来的香灰。野草拌家药，再加一点祈求神明福佑的虔敬，这就成了一个女人的全部愿望。她将这愿望厚厚撒上一层，再拿出一块白布来小心翼翼地包扎，手儿绵软冰凉，不时地撩起睫毛瞟他一眼。谷仓哥哥一个大男人，即使浑身创伤，也没有他痛苦的份了。

“你碰上强盗了？”

他摇头，忙又点头。他不想描述一件会让女人心惊肉跳的往事，那会破坏这温醇的气氛。这气氛有点会相好、续旧情的味道。妹子已经认出他来了。

一碗荷包蛋也是她用眼光端给他的。清澈的汤水里漂浮着一双裹白纱的红太阳。他细细呷一口，接着便呼噜呼噜往嘴里灌。他望望桌上，这房子里，除了她的眼睛，就只有桌上那个罐头瓶富有风韵和情致了。瓶中清水满满当当，一个浑圆的形似紫皮洋葱的东西捂在瓶口，而瓶中水里，浸泡着无数洁白的细根，像老人的银须那样风采卓然。南极寿星，长眉白髯，这贵态尊相文文静静，突挺着让妹子日日饱览。他摆过头去，让眼皮在桌上遮出一角阴影，试探着问她：

“你男人呢？”

她不语，躲开他的眼光，端着空碗进了厨房，一会又出来，坐在炕沿上，用目光拂去他脸上的困倦。

“你们男人家，一出远门就不安分，断了指头还到处打听你男人呢？”

“我没有到处打听，我就问你。”

她自顾自地说下去：“喝了羊奶忘了亲娘，找个野的忘了家的。你们男人一个个都是黑了良心的狼。”

“家的？唉！有家的我就不登你的门啦。”

“没有家的，全是野的？”

他直愣着眼望她：“妹子，你是要我野一回吗？”

“你没野过？”

“没有。”

她低下头去：“看得出你是个老实人，指头叫人家弄断了，金子叫人家抢掉了。”

“这你放心。他不把金子给我送来，我就把他劈成三瓣。”

“那指头呢？你也要折断人家的？”

他脸色变得黯郁起来，愤愤地将眼光扫向窗外：“狗养的。”

“你骂吧，骂着骂着他那指头就断了。”

“你以为我是条只会汪汪叫的狗？我是男人！男人！”他欠腰一把拉歪了她，“我不打断他的腿，就不再来见你。”

好像他在对情人发誓，好像他们已有过天长日久的深情蜜意而且日后还会发展下去。他朝前挪挪，揽住她的腰，就要往里拖。她跳下炕沿：

“你要死吗？还不快走。”

“今儿不走，明儿走。”

“走！走！你走。”

“偏不走，就是不走！”他说着，索性回身倚着被垛儿仰躺到炕上。

她突然变了脸，眼里冒出令人诧异的光彩：“你是谁？我不认得你，再不走，我要喊人了。”

“嗓门是你的，要喊我也管不着。”

她急急打开门，靠着门框张大了嘴，想喊却吁出一声轻叹。她回身：“算了，何苦要叫你再挨打哩。你要歇就老老实实歇着，一指头儿也别动我。我可不是野女人。”

他笑笑：“我不动。你坐在炕沿上，让我看着你就行。”

她服从了，坐下，拿过针线来纳鞋底。他平静地望她，一会想着伙计们，想着被周立通拿走的那块金子，一会想着家——阿哥中风瘫了，医病没钱，他能不管？嫂嫂待他好，越好他就越觉得他这当兄弟的应该承担起挽救一个家庭的责任来。他怕的就是这好。要是待他不好，他反倒省心了。嫂嫂，你眼里分明藏着让我救救阿哥的期待。他想着便睡去了，疲劳使他很快有了沉沉的鼾声。妹子放下手中的活儿，呆呆地望他那张英武俊气的脸。她是喜欢上这张脸了，那鼻子又光又挺，眉毛又黑又浓，阔口能吃，吃粮吃肉吃运气；大眼能看，看星星看月亮看女人。圆圆的下巴颏上没有胡子，光光净净的，像她的奶子。没有胡子就是年轻，年轻就会体贴女人，就有前程，前程就是金子。她暗自赌咒：这人，淘不来大金子，那就是祖灵不灵，老天爷死了。相比之下，她所熟悉的那张突嘴巴塌鼻梁的男人脸，就显得有些像鹰像猴像狗熊了。

她就是张不三的姘头驴妹子。驴妹子就是驴生的妹子。

驴生的妹子不记得自己有过母亲和父亲。她从小跟着麻眼（瞎子）阿爷生活，麻眼阿爷说，她是他在大路边捡来的。捡来的娃娃不心痛，阿爷待她并不好。从她记事起，他手中那根探路的枣木棍就常常会在她身上留下一些或青或紫的肿块。但麻眼阿爷又离不开她。他需要她带路，需要她为他烧水做饭。她从五岁起就承担了服侍他的义务。

村里只有一个人待她很好，那就是早已死了男人膝下又无儿无女的薛寡妇。薛寡妇给她吃的，给她补缀衣裳，还会把她搂在怀里动情地抚摸。她禀性中的温情和善良似乎就因了这抚摸才得以存留。她十三岁那年，薛寡妇死了。不知哪路外乡秀才写了一纸碑文：

> 薛氏乡民得孚之妻十七岁于归二十四岁夫故孝事孀姑备极艰辛守贞三十六年病故年六十岁举报世人许赏柏舟励节四字具奏奉旨建坊入祠

立牌坊是不可能的，生产队没那个经济条件。祠堂倒有一座，但那是围子村张姓人家供奉鬼神祖灵的地方，外姓外族的人即使德行如日月耀天如江河行地也要靠边站。这碑文只好被当时的生产队长放在队部，蛛网尘封了几年，后来就不知到哪里去了。

薛寡妇死后两年，就在“柏舟励节”四字渐渐被人理解的时候，她领着麻眼阿爷去阳山坡上晒太阳。阿爷不小心摔了一跤，竟摔出不治之症来。临终，阿爷吐露了实话，说他收留的这个女娃是他和薛寡妇生养的。人们不信，都说阿爷说胡话，他连坦坦大路都摸不着，怎么会摸到女人肚子上。更充足的理由是：那碑文上明明说她是三十六年没沾过男人，娃娃是舔阿爷的唾沫舔进去的？碑文上的话是不会骗人的，秀才是文曲星下凡，文曲星怎么会糊弄老百姓呢？不信便是事实，群众意愿谁也不可违拗。麻眼阿爷死后留给她的遗产除了锅碗被褥、土炕土房，还有一头毛驴。一天，她遵照麻眼阿爷的遗嘱去给薛寡妇上坟，张不三拦住她问她去给谁上坟。

“我阿妈。”

张不三诡诡地一笑说:“你没有阿妈，你阿妈是你家那头尕毛驴。”

张不三那时是个三天不打上房揭瓦的半大小子，天性顽皮，捉弄别人就像往沟底下扔石头一样随便。“驴下的妹子！驴下的妹子！”他喊着跑开去。她自小没有名，人们提到她时总说她是“麻眼阿爷的拐棍”。现在由张不三给她起了个名，而且四处宣扬，人们很容易地接受认可了，因为不管她是驴下还是马生，丝毫不损害别人的什么。只要认可就是事实。于是她成了驴妹子，她和那头朝夕相处的驴也便由人畜关系变为母女关系。在她幼小的心灵里，她觉得这是一件非常丑恶下作的事，不论谁叫她，她都极力辩解道：“我不是，不是。”可她越辩解，似乎越是真的了。大家不听她的，反而叫得更加认真顺口，久而久之连她自己也相信她的阿妈是头驴。后来她长大了，受到的屈辱也多了，便萌生了一种非常强烈的愿望：她这辈子一定要证明驴到底能不能生娃娃。天降大任于石满堂，他当仁不让地做了驴妹子愿望的实践者。

石满堂有一身牛劲。儿时放牛，常与被他视为同类的牛犊为伴。清晨出门，他抱牛犊上山，转换草坡，又将牛犊从这山抱到那山，牧归时又将它抱回棚圈。天长日久，牛犊被他抱大了；大了还要抱，因为那东西已经让他抱出了娇气和习惯，不抱便不走，便要用头朝他怀里蹭，蹭不着就撞，而他自己也有了一种莫名其妙的恋情。一旦不抱便会心慌意乱，总是从小一起长大的嘛！但他没想到自己抱牛会抱出浑身的蛮力来，直到这牛患病暴死，他才明白了自己的健壮和伟大。

那日，秋老虎升天，热辣辣烤出麦地里的阵阵爆响，噼里啪啦的，焦急的麦粒似乎马上就要滚出穗头淌成河了。庄稼把式王仁厚打头，唰唰唰的走镰声又悠又匀，把别的人撂下好长一段距离。后来他屎憋，走了。给他打下手的石满堂一下子成了打头的。石满堂在心里把自己和王仁厚摆平了，就要逞能，占住麦行挥着镰刀往前扑，声音响得急骤，可走镰的速度仍然很慢，手底下就是不出活，紧挨他身后老有撵行人的鼻息。他一急，那茬口便高得出奇。领着女人扎捆子的队长张不三喊一声：“满堂，你到后面去。”他不服，闷头装做没听见。庄稼人在庄稼活路面前丢脸是最让人难堪的，挣死也不能在这个时候撤下来。没想到张不三会撵过来拽住他的衣肩，硬要将他拖出麦行。他脸红得要冒血，身子一扭手一挥，张不三竟然倒地了，一个狗坐墩墩得他龇牙咧嘴地扭歪了脸。他站了起来，朝石满堂的后腰就是一脚，又闷闷地说一声 :“你别割了，割也是白割，回家歇着去。”石满堂还要挥镰，忽又直起腰，明白队长已经决定将他今天的工分扣除，便沮丧地离开麦行，去地畔上仰面朝天躺下。他不回家，村口的麦场上全是婆娘，婆娘们的嘴是专门用来嘲笑男人的，说一句笑话飞一把刀子，不刺出血来不罢休。

驴妹子是给割麦人送水的。水来了，大家过去抢着喝，也要抢着在驴妹子身上揩揩油。既然是驴生的妹子，别人也就不把她当人。可驴妹子偏偏自视金贵，硬是闪开那些浑身冒油汗的人，舀一茶缸水先端给了老老实实躺着的石满堂。他欠起腰接住，咕咚咕咚灌下去。水没喝完，茶缸就让驴妹子碰得脱手掉在地上，她也差点扑到他怀里。人们哄笑，痛快得像是凉水变成了西瓜，个个都歪了嘴。他推开驴妹子，站起来骂一句 :“把你阿妈往我怀里推，我不要！不要！”骂着就要躲开，却见王仁厚依仗着自己年龄比他大，又有庄稼把式的身份，伸过胳膊来，一把撕住他的领口 :“你骂谁？”“谁是畜生就骂谁。”接着便是对方出脚他出手。他稳立着，王仁厚却倒地了，也是一个狗坐墩。别人吃惊，好个石满堂，吃了什么天汤地丸，一夜之间有了虎威成了真人，又见他轻轻松松抱起地畔一块大石头，当是要砸死王仁厚，惊呼着瞪圆了眼。石满堂将石头轻轻放下。他不过是要试试自己的力气，成功了也就满意了，好歹已经抹去了被撵出麦行的耻辱，便耀武扬威地走了。没走几步又回身，拉起驴妹子，腾腾腾地拽着走。

他不能再割麦，又不愿继续躺在地上望天，太阳耀眼不说，浑身沸腾的精血也不允许。男人意识苏醒了，他觉得自己必须干点什么。驴妹子他喜欢，喜欢就得干。

男人和女人的事儿不就和牲口一样吗？在黄土沟热腾腾的阳坡上，他撕扯她的衣裳。“不不不！”驴妹子推着他，躲闪着身子一个劲地说“不”。“你不喜欢我？”他吃惊道。她不语，哭了，哭得好伤心。他断断续续听到她对男人的责备：“你们就是不把我当人。你，也和他们一样。”“不一样，我和他们不一样，我是好人。”他表白着松开手，叹口气，一屁股坐下了。坐得太阳偏了西，他抬起头，看她还在那里怯生生立着，吼一声：“还不快走！”吓得驴妹子扭身就跑。他冲着她的背影咧嘴酣笑：“好人，我说我是好人嘛。”

石满堂无疑是好人。驴妹子相信自己此生注定要跟着好人过一辈子，便也就开始人前人后地想他，拿眼睛瞟他了。她这双眼大概是专门用来给男人涂抹光彩的，被她看中的男人会一瞬间变得亮堂起来，她的眼也就被摩擦得更亮了。亮是因为水色，水色能创造一切：秀气、灵光，春波漾漾，秋潮荡荡；天是蓝的，那眼就是蓝的；湖是绿的，那眼也是绿的；霞是绯色的，那眼便也是绯色的；云翳多彩，那眼中就常浮现多彩的企盼；禾苗青青，眼里就会含满青色的忧郁。她变了，只因为她心里有了自己的男人而骤然变得鲜嫩洁净，甚至让人觉得：假如人驴交媾会诞生这样的人间尤物，那将来娶媳妇或嫁男人就应该在驴堆里寻找。

“你是个好人。”他去田里打坷垃时说。

“我不好，我是……”

“你不是，不是驴养的。”他急得大喊。

她眼光顿时黯淡了：“人们都这么说。”

“我就不说。”

“你是个好人。”

“嘿嘿，你也好。”

他们的谈话总是周而复始。

“我不好。我是……”

“我不信。”

“我信。”

“你信？信就信吧！是驴是马反正我要娶你。”

“你信我就不嫁你！”

“我是说着要哩，驴咋会养人。”

“满堂哥，我不嫁你，不嫁你。你能证明驴不会养人？”

“我证明。”

“光说我不信。”

“那你要我咋？要我爬驴身子？”

她红了脸，扭身就走，走了几步又回头：“满堂哥，你叫我相信，我就嫁你。”

石满堂是个诚实人。这夜，当月老闭眼、星星打盹的时候，他闯进了自家的驴圈。平生第一次干那事，竟是和驴，竟是为了得到一个人的爱。但他没想到，驴妹子的亮眼秋波同样也让别人着迷。张不三的心里早就有了驴妹子。

张不三年轻时得过一种病，叫饥饿劳困症。稍有饥饿感他便浑身战栗，不由自主地缩脖子耸肩。一见食物，不管稀稠荤素好坏，两眼马上吊起，黑仁儿冒焦火白仁儿游血丝，舌头勾着天花板，舔呵舔地没个完，牵动得胃肠不住地抽搐，生出些酸水来朝上翻涌。有人说，这是由于他经历过那种胖人瘦了、瘦人肿了的饥荒年月，因恐惧饥饿而产生的生理性反应。

就为这个，他在婚姻大事上屡屡失意。第一次在母亲的催促下去外村相亲。人家问他，晌午到了，你想吃点啥？饺子还是面条？一听到吃，他先露出一系列怪相，而后直言不讳："有了饺子谁还想吃面条哩！"结果饺子吃了六大碗，姑娘却在吃饭前就没了。饺子是圆蛋蛋，吃了饺子就滚蛋；面条却是个吉祥物，因为它象征细水长流、天长日久。此乡风俗如此，即使张不三家道殷实，人品出众，占尽相亲优势，那姑娘也只能暗自垂青仰慕，终不敢背离乡俗而嫁给他。待张不三连续三次去外村相亲而没有被人家相中后，他的自尊心大受损害，当着母亲的面发誓，这辈子再也不去相亲了。母亲惶惶地说："张娃，你娶不来媳妇就对不起你阿大。你阿大说了，留着青山在，不怕没柴烧。张家不能断后。"儿子可怜母亲，拍着胸脯气堂堂地说："阿妈，你把心放宽，到时候我给你抱回来一个活蹦乱跳的大头孙子，别管是谁给我养的，反正是咱张家后人。"母亲摇头："现时不比从前，那种事干不得，还是正正板板娶个媳妇来家。""不娶。事不过三，受屈受辱的事更不能有第四次。阿大给我起了这个名字，我就得照着他的愿望做人做事。"母亲拗不过儿子，也没等到大头孙子来家，就带着憾恨撒手而去。撒手而去的母亲给张不三留下了极深的印象，也左右了他以后的生活。她活着时，半辈子总在唠叨两个人，一个是丈夫张老虎，一个是杨急儿。唠叨丈夫是由于她全身心地拥抱过他。他风风雨雨、轰轰烈烈的一生中经历过那么多惊心动魄的事情，她需要一件件毫不夸饰毫不隐瞒地告诉儿子，当然这里面也有她作为一个女人的自豪和沉痛。唠叨杨急儿是由于他是丈夫的结拜兄弟，最终又杀了丈夫。现在母亲死了，儿子的思想也趋于成熟老练，性格活脱脱就是父亲的翻版。在母亲的坟前，萋萋芳草悲凉地哗然鼓荡，怒放的太阳花正在哀婉地唱出一首悠远的摇篮曲，一种仇恨和幻想造就的人格使张不三迅速流枯了眼泪。在纸灰飞上天空的时候，他把誓言刻进了头顶那一片碧净的蔚蓝：他要出人头地，要女人给自己下跪，更要像父亲那样用心机、用力量呼风唤雨地去生活。

那一年，春天霜多，夏天刮了一场干热风，秋天又碰到冰雹袭击，围子村的庄稼稀稀落落、病病歪歪的，明摆着打不了几升几斗粮食。但公购粮的任务有增无减。张不三给队长说：

“他下他的任务，我打我的粮食。口粮标准不能变。按去年的卡码分，剩下的再上交，交多少算多少。”

队长摇头：“上面要来检查哩。”

“你害怕他们检查？那你就不要出面，在屋里歇着，就说肚子疼。我来对付那些狗日的。”

张不三的话代表了群众的普遍想法。老实巴交的队长虽然喜欢秉公办事，但也不想和乡亲们过意不去。麦子一上场他就病倒了，队里的事交给张不三全权处理。张不三来了个快刀斩乱麻，打一斗分一斗，麦场上脱粒后的草秸还没有垛起，分配口粮的工作就已经结束，除了留有少许籽种和饲料外，颗粒无剩。而这时，别的村里连分配方案都还没有定下。县社两级干部组成的检查组来围子村那天，张不三做了周密安排。他让各家各户的男人都去平整土地，把女人留在家里生火做饭。他自己去村口等着。检查组驱车五十公里，到达时正好是中午。他笑嘻嘻地说：

“吃了晌午再办事。客人来了，围子村理应好生招待。”

带队的是一位县革命委员会的副主任。他常常下乡，常常喜欢去农户家吃饭。一来显示了他深入群众的工作作风，二来农户招待副主任，一般都要杀鸡宰羊，比队上集体招待要吃得好吃得饱吃得舒心。张不三的安排正好投合了他的心意。他说了句“那就先吃饭吧”，然后跟着张不三进了村。张不三带着他们，路过一户人家安排一个人。副主任被安排在了王仁厚家。王仁厚家没什么更好的条件，唯一可取的是，女人的脸蛋比别家的耐看些。

将近一个时辰过去了。张不三来到地里让那些男人们悄悄回家。结果就跟他谋划的一样，王仁厚站在自家门口高声骂起来。因为他看到自己的女人端端地坐在副主任怀里。张不三闻风赶到，厉声呵斥王仁厚：

“你喊啥？人家是县领导。”

“县领导咋啦？他就是玉皇大帝我也要告。借检查的名义勾引旁人家的媳妇，对得起他自己的妻室家小么！”

这位副主任早就是一脸大红大紫，惊慌失措地把求援的目光投向张不三。张不三把王仁厚推出门外，见仁厚媳妇早就溜进了厨房，便小声询问副主任：

“你看，这事咋办？”

“是我、我勾引她，还是她、她硬要往我怀里钻哩？”副主任那张长长的马脸气成了猴屁股，委屈得结巴起来。

张不三面孔和善得就要立地成佛，软言软语地替父母官着想：“唉！这事说得清吗？他一个吃泥吃土的农民当然告不倒你。但万一他要去县城嚷嚷，你那如花似玉的娘娘知道了也不好收场啊。”

“哼！”副主任这是在哼他的娘娘，哪里是如花似玉！脚像鸭掌一样奓巴着，腰身水桶似的上下一般粗，一身肥肉往下坠，龇着门牙鼓着腮帮也不知凭啥动不动就要对他指手画脚。但嫌弃归嫌弃，副主任生来就惧内。他明白一旦嚷进她耳朵，她会一把眼泪一声骂地闹到常委会上。张不三察言观色，坦坦荡荡说出了自己的主意："嚓屎尖尖，也就是吃屎。"为了表示吃屎吃得轻松自如并且很有分寸，他用了一个干净利落的象声词："嚓"。这是乡俗，得罪了某人，某人就屙一泡屎让他嚓。嚓过了，前仇后怨就算一笔勾销。副主任气得猴屁股似的脸上平添了许多铁青的疙瘩，半晌憋出一句话：

"你们这是对待我的态度？"

"你不嚓，我怕百人百嘴不好堵，说不定哪天闲言碎语就会灌满县城街道。"

这简直就是威胁了，副主任气得不理他。张不三又说："你要是实在不想嚓，那我就去和乡亲们商量商量，看能不能免了。"商量的结果是不能免，并且他捧来了一泡用菜叶托着的干屎，不知是哪天屙的，也不知是不是王仁厚的，但显然是早已准备好的。他放在副主任面前说："嚓干的，干的好嚓，又没气味，乡亲们一致同意照顾你。"张不三说罢就出去了，留下副主任一个人在背人处忍辱受屈。这也是照顾，要是别人，不仅要当面嚓，而且要规定尺寸，还要在众人的哄笑声中搅着舌头咽下去。过了一会，等张不三再次出现时，一坨盘起的人粪中央那根插天直立的屎棒棒上，半寸长的尖尖已没有了。他一定是用手嚓去的，更不会咽进肚里。但张不三相信副主任是吃了屎的，傲气十足地叉腰而立，口气变得又硬又阴：

"我说父母官，你下乡调戏良家妇女，叫人家喂了一泡屎，丢人丢到家了。若要人不知，除非己莫为。你说咋办？”

“还要我咋？你们有完没完？”愤怒至极的副主任失态地跳起来。

张不三脸上刮过一阵狞厉的寒风，又道：“说完也完了，说没完也还没完，就看你了。你知道，围子村今年没打粮，一把粮食也交不起。公家人要是再来这里催逼粮草，那我们就去满县城嚷嚷。”

直到这时这位反应迟钝的父母官才明白张不三的意思，吼道：“就这个事你为啥不早说？”

副主任带人匆匆离开了围子村。也不知道他是怎样糊弄上级的，这一年，县革委会形成了二十三号文件，专门讲的是围子村免交公购粮的事。

人人受益，人人得意。唯独王仁厚不悦，觉得自家付出了最最金贵的名声，得来的却和大家一样，实在不公平。张不三便让各家各户匀出一把粮食，凑足了半布袋，亲自送到王仁厚门上，说是奖赏有贡献的人。王仁厚这才消了气定了心，把个名声损失抛在了脑后。当然，更重要的是他媳妇一向是个极本分的人，受命于张不三做出荒唐事情来，也没有让嗜好闲话的人多费口舌。

事实证明，奸诈狡猾比老实本分更能给乡亲们带来好处。老队长自愧弗如，对张不三说：“还是你当队长吧。”吃亏吃怕了的群众也看透了张不三的为人和手段，编了一首顺口溜流传开来：

张不三的脑袋长得尖，
想当队长不用选；
张不三的心眼溜溜转，
点头哈腰的是父母官。

咚不隆咚嚓，嚓，嚓，
嚓了个干粪棒棒屎尖尖；
咚不隆咚嚓，嚓，嚓，
不纳粮草不种田，
荫凉底下坎椽椽（手淫），
舒——坦
舒舒坦坦奔光景，
高举红旗永向前。

这最后两句是张不三自己加的。人人都说他加得有水平，是队长说的话。

张不三当了队长，自然是不缺吃的不缺喝的，他那饥饿劳困症也就渐渐痊愈了。更让别人羡慕的是，他沾女人的机会也多起来。男女间的事，三十如虎四十如狼。虎劲没用上，积攒起来全部增添给了狼劲，叫做老狼添翼，威震百里。

乡村道上，不知不觉又有了一首顺口溜：

嚓巴溜毬嚓，
张不三的脬子比马大，
三间房子圈不下，
女人女人快躺下。

张不三不在乎这些讥诮和揶揄，乐呵呵地回敬道：

赶马车的人，笑嘻嘻，

赶哩赶哩的日马屁。

他这是个比喻，因为在他看来所有的男人都得“扬鞭催马”，都是“赶马车的人”。

他瞄准过不少小媳妇，以猛兽初舐人血的野浪，将自己渐渐塑造成一个偷香老手。他不怕张扬，因为她们根本不可能张扬。除非她们喝了豹血野了心，甘心做个不洁祖宗、有污门风的“烟渣”。俗语说：“烟渣女人随人卷。”张不三对石满堂和驴妹子的眉来眼去早就注意了。他之所以迟迟没有下手，是因为他还从来没有对任何一个大姑娘产生歹意，觉得那样她们就很难嫁出去，自己快活一夜，别人痛苦一生，这种事还是不干为好。

驴妹子骤然出落成了百里挑一的俊俏姑娘。她就要嫁给石满堂了。

按照围子村的习惯，姑娘结婚必须穿娘家人的衣裳鞋袜。驴妹子没有亲人，她身上穿的全是自己给自己准备的。出嫁那天，婆家人用驴车拉她来到满堂家门上。一下车她就左躲右闪，却怎么也躲不过，她穿的是“鸳鸯”(反其意而用，专指不配对)鞋，一只红一只黑，一只新一只旧，分外耀眼。围观的女人们全都捂着嘴哧哧发笑。在王仁厚媳妇的挑唆下，那些会说人话的狗崽儿羊羔儿便一哄而起，不知轻重地喊起来：

鸳鸯姑姑吃尜尜(粪便)，

吃了尜尜屙不下，

屙下一窝尕猪娃。

一声一榔头，十声十榔头，直敲得驴妹子一颗心在腔子里活蹦乱跳，牵动出五脏六腑的难过来，拧开了龙头的泪腺也直往外喷射那两股咸水儿。未及进屋，她那蒙住眼睛的袖子便早已湿漉漉的了。

“别哭别哭，弄脏了衣裳没啥换的了。”

谁知道说这话的婆婆是好心还是坏心，浪声浪气的，提醒了驴妹子，也提醒了那些来看热闹的刁钻婆娘们。她们眼仁骨碌碌转，亮闪闪的目光锥子一样刺来，差点没把这新娘子洞穿，就只剩动手动脚里里外外翻个遍了。接着便是交头接耳：“哎哟妈，你没看见吗？衣扣、衣袋、衣袖全是鸳鸯。”偏偏这时驴妹子不再抹眼泪了，昂起头，蔑视那些不断飞升而起的闲言碎语。她甚至想讲话，如同给一大帮鼻子上大办粉条厂的娃娃们训话那样——这鞋这衣是她进城换来的(乡里人虽有布票但缺钱花，就只好背着半口袋大豆去城里走街串巷吆喝着换衣服穿)。换来的！不是偷来的！鸳鸯好，鸳鸯俏，比起你们这大窟窿小眼睛的破布衫，我这还是的确良涤卡凡尔丁的三合一哩。自然，话未出口，她就被人一把拽进了房里。

然而，大事已经不妙。围子人是宁养两条黄狗，不要一头大牲口。凡事总讲配对儿，阴阳不能失调，山水不能移位，天地不能颠倒，高低远近不可混同。可这新娘子，脚穿鸳鸯鞋，颜色、新旧各异不说，鞋尖儿全都朝右拐。那衣服更是只能对立而无法统一：左袖红右袖蓝，红配蓝，死讨厌，不仅不好看，而且招人嫌。村子里的议论很快多起来：黑星下凡，扫帚头上带着股阴风凉气，灾难就像垃圾，是一疙瘩一疙瘩连绵不绝的。驴妹子过门，一则克夫，次则断后，三则亡家。心明眼亮、爱憎分明的围子人，一眼就把这新娘子看穿了。

驴妹子两年不育，满堂家面临断子绝孙的危险，并且谁也不敢保证往后她会不会将别的灾难降临到这个平静的家中。那些日子，满堂家的房里房外渐渐出现了一个随时移动着的阴森森冷冰冰的角落。这角落由人心和人嘴组成，制造忌恨，散播风言风语，放射寒光冷气。满堂家的人，包括那个夜夜搂抱着驴妹子的男人，也已经觉得她拖在身后的那股晦气越来越明显，越来越张牙舞爪。就在这时，驴妹子的公公病倒了，脘腹鼓胀，心口疼痛。再也忍耐不住了的婆婆撕烂脸面，扯烂嗓子，站在当院望天谩骂，说是骂鬼：

"看见了，看见了，扫帚星临门了，黑老虎进家了，血口张开咬人了，鬼鬼鬼！白猫儿进了老鼠洞，出不来也进不去。好怪事儿哩！天到了地上，地到了天上，水往山上淌，风往心窝窝里钻。不是瘟猪来家，好端端的人咋就呻唤开了呢？"

骂乏了进屋，坐到炕沿上，守着皱巴巴的细脖子支不起大脑袋的病人，唉声叹气，叹着叹着又抹起了那永世抹不尽的眼泪：

"命苦了天欺，人贱了狗欺。呜呜呜，天欺狗欺都来了。犯了天条的老祖宗，你为啥要叫我们受这种苦哩！"

这声音将乞怜和诅咒、伤感和悲愤纠葛在一起，黏黏糊糊分不清主次来。在灾难中生活的婆婆最拿手的便是这种五味混同的撒泼。那是一种所谓骂者无心、听者有意的艺术，聪明人不难意会那猪那狗那白猫那黑虎指的是谁。驴妹子是聪明人，在一个月光如水的夜晚，她知趣地离家出走了。石满堂明明看见了却装作没看见。第二天，他也没有去那间麻眼阿爷留给她的破房子里将她叫回去。她恨就恨在石满堂的这种举动上。她对他能不能做一个可靠的丈夫渐渐绝望了。

天旋地转水倒流，一切都得重新开始。

那日，队长张不三来到驴妹子门上说："你的工分算错了，黑饭后来我房里核对一下。"她去了，无法不去也无法不留在那里过夜。她已是一个小媳妇，张不三对小媳妇是没有什么顾忌的，况且眼下她还是个失去了丈夫保护的小媳妇！再说，她想怀娃娃，想证明地里不结瓜是没有播进好种子的缘故。她盼儿盼空了心，想那张不三一定是个如狼似虎的角色，地中精气、天上阳火全漩在他的血道道脉巷巷里，雄种要是加身，瓜儿豆儿就会一嘟噜一嘟噜地结出来。她被张不三搂在怀里，一搂就是几晚上。好火色，她是生铁疙瘩熔成水，她是石头块块化成泥。很长一段时间都被男人冷落着的驴妹子盼这火色烧身的愿望不知不觉膨胀起来，与日俱增，不可挽回。而对张不三来说，自从有了驴妹子，别的女人他就一概不沾了。如果她能给他怀上娃娃，他就想娶她。两个人恩恩爱爱、缠缠绵绵好几个月。村道上又有了一首专门为张不三助兴的歌谣：

老公见酒，
骚羊见柳，
天上的嫦娥地上的妹子，
你就是好酒你就是嫩柳。

而在满堂家，老人的病日见好转了。石满堂想把媳妇接回来，他母亲一听就吓得直打哆嗦：

“冤家！你想让她克死娘老子吗？插根尾巴她就是驴，你要跟她过，先把娘老子找个土坑埋掉。”

他父亲也说：“满堂，你就死了心吧。驴妹子跟了张不三，那是老天有眼，给了她好福分。我们命苦家寒，草木百姓一窝窝，活到下一辈子也不敢去队长碗里抢肉咂汤。”

石满堂表面上答应，背地里还是去了。他来到张不三门上，说是来看看驴妹子。驴妹子没让他跨过门槛，凄恻地说：“满堂，死了心吧，好好找个能生能养的女人过日子，我怀不上，永远怀不上了。”说罢，她就进去将门从里面闩死了。石满堂愣怔着立了好一会，才怏怏回去。从此，枯寂与他有了缘分，命运的捉弄滋生了他对生活的冷漠和对别人的怨愤。他是人，人所应该具备的东西一样也不缺包括那份黄金一样沉重的感情。这感情随着时间的流逝越积越厚，以致他有了发誓不再婚娶、气气娘老子也气气自己的念头。只要父母一提起他的婚事，他就会大吵大嚷着给他们发一顿脾气。他变得暴躁起来，似乎天下所有的人都欠了他的债，都伤了他的心。他想复仇，可又实在不明白该怎样泄恨或者把怨怒发泄在哪里。几年过去了，张不三开始带人闯金场，为了防止石满堂侵犯他的权利，他将驴妹子也领走了。之后，他年年闯金场，年年带着她。他虽然不想和她结婚，但已经到了离不开她的地步。她呢？似乎也没想到过要离开他，至少在围子村，她是没有办法不经过他的同意去做别人的名正言顺的妻子的。张不三像一片幽深的海，淹没了她作为一个女人的选择和企盼，也淹没了她的记忆。

第三章 桦树林

驴妹子想着一个劲地叹气。

谷仓哥哥也在梦中叹气，叹金场叹女人叹那些山山水水。古金场全是阴山柔水，像女人，像妹子，总是罩着雾，总是藏着宝，总是不肯抬起头——她等待着别人将信物送到她怀里，一旦有人送来了，却又缩手缩脚、羞羞答答的，久久不肯揭去面纱。甚至，由于胆怯她会借着荒风和寒冷，借着貌似伟大的天云地雾，无情地拉起一道鲜血淋淋的屏障，威吓着拒绝别人靠近。

在梦中恍恍惚惚的境域中，谷仓哥哥把古金场和驴妹子搅和在了一起，怎么也分不开。过了一会，连自己也变了，变成了一座陡峭的山，正在经受狂风的摇撼。风在吼，人在叫，他脸上热辣辣的。他费力地睁开眼，眼皮粘糊着，没看清炕沿下站着的是谁。那人伸手又给了他一个耳光。谷仓哥哥彻底醒了，忽地站起，才明白是张不三将自己扇回到了这个残酷的人世中。

“冤家！冤家！你不死在我手里就不甘心哪！”

张不三两眼冒火，用骇怪异样的腔调咆哮着，又要打人了，但挨打的却是一边瑟瑟发抖的驴妹子。谷仓哥哥愤怒地曲身跳到炕下，举拳打在张不三的胸脯上，可真正感到痛苦的却是自己，他又忘记右手上的创伤了。张不三根本没把他的愤怒放在眼里，回身撕住驴妹子的头发：

“养野汉子也不能养到谷仓人头上。他是人吗？你说他是人吗？”

驴妹子痛苦地将牙齿龇出嘴唇，眼睛朝上翻着，翻没了黑眼仁儿，翻没了她的灵光秀气，她使劲点了点头，张不三又是一记耳光扇去，扇歪了驴妹子的脖颈。谷仓哥哥抱着右手，惊叫着差点倒在地上，忙又立稳，跑向门外。他知道，张不三的威风是要给他看的，他多待一分钟，驴妹子就会多受一分钟的折磨，多有几次更加丑陋剧烈的变形。使他吃惊的是，门外，许多谷仓人肃静地伫立着，就像伫立着一些他的卫兵。他吼道：“你们来干啥？”他们是来报仇的，可没想到，围子人会和他们一起赶到这里。这会，全体围子人挤挤蹭蹭排开，对他们形成了一个半圆的包围圈。谷仓哥哥再次责问自己的伙计们：

“你们来干啥？”

“宰了她，她是围子人的女人。”有人道。

“应该宰他，宰那个畜生。”

他吼着，气急败坏地朝前走去，谷仓人呼啦一下跟上了。围子人分成两半，从中间让出了一条道路。

“呸！”石满堂站在人群中，将一口浓痰朝谷仓哥哥啐去。

谷仓哥哥停下来瞪他，气得鼻翼发抖，却被自己的伙计们连拥带拉地裹挟走了。好汉不吃眼前亏，他们自认是些好汉。

这天，谷仓哥哥回到自己的伙计们中间后做的第一件事，便是直奔唐古特大峡口拦住携金逃走的周立通。他明白，要向围子人讨还血债，周立通是最好的帮手。别的伙计都是第一次闯荡金场，禀性没有得到荒原的改造，最容易被激怒也最容易退却。

周立通怀揣大金子，不敢急急忙忙地赶路，那样太危险，碰上经验丰富的金油子，一看就知道：他如果不是盗贼就一定是个发了横财的人。抢劫一个独行的而且十有八九携带着金子的淘金汉，在古金场几乎可以公开进行。看到抢劫的人一般只会欣赏抢劫或者自己参加抢劫，而绝不会上前阻止抢劫。周立通扮出一副被遗弃的狼狈相，晃晃荡荡地行走，遇到人时他就凑上去主动打招呼，问人家要不要卖力气的沙娃。人家一看他枯瘦委顿的模样，自然会挥手让他快走。态度好一点的人有时还会规劝一番：

“回去吧！金场可不是混饭吃的地方，谁也不想雇一个散了架的沙娃。到时候，你挖的砂子还不够埋你的。”

于是他哀叹几声，垂头丧气地离去。这样走走停停，离唐古特大峡口还有老远，就被谷仓哥哥带着几个人撵上了。谷仓哥哥对他说，那东西他不要了，但他必须跟他回去。碍着别人，谷仓哥哥不好提到大金子。但周立通是明白的。他问回去干什么。谷仓哥哥闷闷地说：

“杀人！”

周立通嘴角一阵抽搐，脸上顿时显得很得意：“干这种事就想到我了？我咋会杀人呢？不会，不——会。”

谷仓哥哥哼一声，威胁道：“小心我们把你放翻在这里，叫你鸡飞蛋打，啥也得不到。”

跟谷仓哥哥来的人中有一个叫李长久的小伙子，挺机灵的一双眼睛这时在他们两个人脸上瞅来瞅去想瞅出个水落石出。对周立通的突然离开他早有疑问，又听他们说话打哑谜，便上前道：

“你为啥要走？扒了裤子，我看你还有没有本事走出唐古特大峡。”

谷仓哥哥瞪他一眼。他以为这是暗示，就要动手。周立通赶紧道：

“算了！不跟你们啰唆。只要惹了我，杀人就杀人。”

他轻笑着看看李长久，似乎这话是说给李长久听的。谷仓哥哥推一把李长久说：

“走喽，围子人裤子尽够叫你扒的。”

在积灵河边的桦树林中，谷仓人经过一番吵吵嚷嚷的商议之后，开始向黄金台出发。他们顺风而进，所有人的身子恍然被巨大的不可逆转的天外之力抬举着，在桦树林前仰后合的热烈鼓动下，飘飘然而行。就要走出桦树林了，风声变得悠远而清亮，呜儿呜儿的。走在最前面的谷仓哥哥突然停下，眯眼瞅了一会，大喊一声：“抓探子！”

周立通和几个机敏的谷仓人也已经看到了不远处稀疏的树影后面有颗脑袋，脑袋上的头发像茅草一样随风跳舞。他们喊叫着飞跑过去，像饥馑中的野兽在奔逐一只弱小生物。大风被他们搅浑了，搅出了一阵诡异的声响。随着这声响的消弭，那密探也就成了谷仓人的口中食。当人们将他押解到谷仓哥哥跟前时，他已经被捆绑成一团发抖的人肉了。

“吊起来！”

周立通眨着一对鼠眼飞快地进谏，看谷仓哥哥不语，便马上动手。

这探子被悬空倒挂在了树上。大地有情，吸引着他的胳膊、双手、头发、眼仁和浑身的皮肉。他身子光溜溜的，转瞬间，随风而来的绿头蠓虫就在上面欣喜若狂了，吟唱着飞起落下。而他那被麻绳勒紧的小腿上，皮肉正在开裂，渐渐露出血糊糊白生生的骨头来。旁边就是积灵河，从水中望去他好像是个脚踩白云、踏天而行的人。他高一声低一声地嘶喊着，但粗野的风声水声林涛声却将他惨烈的叫声过滤成了瘆人的笑声。

谷仓人得意地欣赏着。他们的残杀游戏做得轻松而自然，根本没有丝毫的不安和沉重。甚至，当谷仓哥哥想起自己在家乡曾打死过一只狗，试图重温一下当时那种淡淡的伤感时，竟不由自主地发出了一阵沙哑的笑声，笑得让人发颤发怵发麻。

队伍又开始进发，桦树林远了，黄金台近了。天风突然转向，变作一个神奇的大口袋，在头顶窜来窜去。一会，口袋坠到地上，将一片墨汁般流淌的人群倾倒在了谷仓人面前。他们是在听说黄金台上发生争斗后匆匆赶来的。为首一个长络腮胡子的人过来拦住谷仓人，眼光左右一扫便认出谁是掌柜的。他凝视着：“听说围子人把你们赶跑了？”看谷仓哥哥点头，便满不在乎地晃晃脑袋，“土台，荒了千年万年，别去争了，啥也没有。”

“有金子，一弯腰就能拾到金子。”

“当真？”

“不是真的，围子人要占它开荒种地养老婆吗？”

这正是夏季涌入古金场的所有淘金汉关心的问题。有争有抢就有戏，有戏就有金子。他们其实早就准备好要去抢占黄金台了。即使不碰到谷仓人，他们也会以为这场骤起的大风便是天公在鼓舞他们去参加一场生死搏斗。

“黄金台又不是自留地，老天爷的地盘，人人有份。好金子不能让他们独吞。”

谷仓哥哥不吭声了，迟疑地望望那人身后如潮如涌的人群，突然害怕起来：“你们要咋？”

络腮胡子反问：“你们要咋？”

“不咋。”谷仓哥哥意识到这些人是来抢他们的饭碗的。

“不想去黄金台上拾金子？”

“哪有的事，我是说笑话哩！”

“大风天拉起队伍走金场，是尕娃娃在耍把戏吗？”

谷仓哥哥有点发蒙。络腮胡子拍拍他的肩膀：

“伙计，小肚鸡肠可不是正经淘金汉，要吃亏的。”

两支队伍汇合了，一下子壮大成一股汹涌的洪流。而且这洪流还在膨胀，半路上，又有新队伍从四面八方不断涌来不断汇入。他们抱了同样的心愿：不是大金子的诱惑，就不会有你争我夺的场面。而大金子是大家的，既不能让围子人独吞，也不能让谷仓人霸占。只要我能得一份，啥话都好说。抛洒热血也行，磕头作揖也干。只要心里装着金子，双手可打人，膝盖可打弯，张嘴吐得骂语，开口叫得亲娘。

风吼天叫，数千人的进逼就是数千把钢刀的插入。人们那野性和蛮力以及占有和复仇的情绪都变作厚重的天盖，激动地朝黄金台扣去。黄金台倏然渺小了。

就在谷仓人准备雪耻时，黄金台西坡石窑口的平地上却是一片炊烟袅袅的和平气氛。

从积灵川归来的围子人正在吃饭。负责伙食的人给他们揪了一大锅稠乎乎的白水面片。他们一人舀了一铁碗，七人一群八人一堆地蹲在地上，专心致志地朝嘴里扒拉。正吃间宋进城一个喷嚏打出五朵金花。他面前的人吓了一跳，个个都抬起头望他。宋进城把碗放到地上，一拍大腿给自己叫好，完了便唱：

喷嚏一个，家里人睡了，
喷嚏两个，想你想急了，
喷嚏三个，满炕跳了。

这是围子人的《喷嚏歌》，不知起于何年，始于哪月，反正也是老祖宗的遗产：从古到今，围子村的男人们都在不断地外出谋生，留下媳妇独守空房，男人的牵肠挂肚就像脚下的道路一样绵长。有人在半途上得了伤风感冒，喷嚏连天，为了宽慰自己，就说是家中媳妇想他了，而且想得死去活来、肝肠欲断。别人觉得这说法不错，便渐渐接受了。久而久之，便演绎成了一种乡俗。那年，王仁厚第一次跟着张不三闯金场，离家三个月，均不见喷嚏出鼻，就以为媳妇没惦记着他。他媳妇五官端正，面皮天生白嫩，在围子村的众女人里也算是个人物。他以此为自豪，但也时常提心吊胆，生怕那些穿窬之贼趁他不在，甜言蜜语地软化了她的心。女人的心，谁也摸不透。联想开去他便怒火中烧，冲天詈骂："养了老公野了心，不念你男人在外是死是活了。欠打！"张不三耐着性子宽慰，说："你媳妇就是我妹子，谁敢欺负，我回去把他宰了。"王仁厚相信他的话，感激地直点头。当然王仁厚更多的是庆幸，他媳妇和张不三是姑表亲，不管张不三乱沾过多少女人，但和他媳妇一直保持着距离。那一次闯金场，王仁厚金子淘了才三钱，想媳妇却想得平添了几道皱纹，头发也白了几千根。好不容易平平安安回到家中，媳妇喜气洋洋给他端水倒茶、揉面做饭，他却冷着面孔一声不吭，等吃了饭，便动鞭子动歪辣（一种用于家教的短棍），拷问媳妇家里来了几个野汉。女人泪流满面，一迭声说："没有。"他自然不信："没有？那你为啥不想我？""想了。白里想到黑，黑里想到白；想干了眼泪想断了腿。村口那条白生生的路不就是我踏长的吗？"王仁厚气已消了大半，但依旧不相信，夜里搂着媳妇细细盘问，拐弯抹角套她的话，套来套去套不着，便满腹狐疑地问："你说你想我了，那我为啥连一个喷嚏都没打？"媳妇揣摩透了男人，知道这时已到她要耍威风的火候，掰开他紧搂着自己的胳膊，用食指点着他的脑门儿："是我叫你没打吗？马不跳槽怪驴子，老天爷没给你打喷嚏的命。我就养了老公，养了十万八千个。"说罢扭转身去假装赌气不再理他。生死由命，连打喷嚏也要由命。他只好唉声叹气自认命苦，又急忙搂住她，在她肋巴骨上硌出痒痒来。她笑了，扇他一巴掌(当然不会是在脸上),挣脱他,忽地坐起:“谁知道你在外面做了些啥,我也没打喷嚏,我就不信你没有打野鸡。”王仁厚又一声哀叹,伤心地抹着眼泪,就要将那离家在外的坎坷光景、冷暖人生摘要发表,以便让她明白去日苦多,自己一秒钟也没有享过福时,媳妇就一骨碌滚到了他怀里。

从此以后,王仁厚再也没闯过金场。他吃不了在金场风餐露宿的苦,惧怕那种随时都会发生的争争抢抢的金场风波,更不堪忍受想媳妇的煎熬。今年,张不三谋算着要在黄金台上掘穿通地坑,动员全围子村的男人都跟他奔赴古金场。大家都被张不三撺掇得来了精神、鼓足了勇气,唯独王仁厚恍恍惚惚没个准,今天说去明天又说不去,连他媳妇都替他着急,时不时地数落他:

“等人家挖出了金疙瘩,腰包里鼓鼓囊囊有了钱,你的脸往哪里放?家里穷得就要没裤子穿了,你就一点不焦心?我可不跟你再过这种面汤拌盐盐拌面汤的日子。”

“我想你咋办?”

“老脸老皮的不知羞。你要是不去,人家不说你一个大男人没志气,还说我得了眼前的亲热丢了将来的红火。将来,哼,将来谁得了大金子我就跟谁过去。到时候你想我,我连喷嚏都不打。”王仁厚几乎拖着哭腔说:“你这不是逼我吗?那金场是好去的?一到金场人就不是人了。”“人家去得你为啥去不得?我就不信一到金场人就会变成狗。”慑于媳妇的压力,王仁厚终于决定跟着张不三再闯一次金场。临行,他问媳妇:

“你想我不想?”

媳妇痴痴地望他。

“你不想？”他忧急得眉峰耸起，脸上肌肉一撮，眼泪啪嗒啪嗒落下来。

媳妇实在控制不住了，一头扑到他怀里，悲悲戚戚地说：“我想你，想你……要是日子好过些，仁厚，我就不叫你去。”

这举动使他定下心来，仅仅为了媳妇的这片真情，他也得捧来金子。他用手掌揩干自己的眼泪，长叹一声，毅然推开她。既然非走不可，那他就要走得气派，走得像个男子汉。为了让媳妇心里好受些，他在门口故意打了两个响亮的喷嚏。

既然有这样一些有关喷嚏的往事，也就不奇怪为什么《喷嚏歌》一出口，就挑逗得人们各具心态、各有情势了。宋进城得意不尽，边嚼面片边哼歌，嫉妒得石满堂一手端碗一手撑地站起，又将沾在手上的土噗噗噗地吹向宋进城。宋进城叉开大手罩住碗，逗趣道：

“满堂哥，你别使坏，人心不善，下辈子也没有人想你。”

“你说我不善？我扒了你家的炕灰还是掰了你家的锅盔？”石满堂恶声恶气地说。

“不是你扒了我家的炕灰，是我想扒你家的炕灰。等你再有了媳妇就给我言语一声，我立在你家门口等你把她赶出来。”

这话触到了石满堂的痛处，他抬脚就要踢过去。宋进城跳起来躲开，他可不想和这个蛮牛莽汉对阵，虽然他不怕，但打起来总不是一件好事。围子人干的是大事业，干大事业就要讲团结讲友爱。他是读过书的人，这个道理他比谁都懂。这时，他听到在停放拖拉机的地方王仁厚小声小气地问张不三：

“掌柜的，你说我那媳妇咋又不想我了？”

张不三低头不语，宋进城大声道：

“才来几天，她就会想你？”

“你懂个啥？女人的屁股是尖的还是圆的都没见过。”

“见过见过，你媳妇的屁股是四棱子。”

王仁厚不想开这种玩笑，两眼巴巴地望着张不三，似乎张不三能给他解释清楚他为什么不打喷嚏的原因。

“你媳妇现在正想你哩，你不知道？”张不三说着走进石窑，一会儿又出来，手里攥条毛巾，要王仁厚揩去脸上镶着白色花边的泪痕。

“啊嚏！”王仁厚一揩便打喷嚏，再揩再打，惊愣得他死僵僵地立住了。这时宋进城首先盯准了毛巾，夺过来整个儿捂到自己脸上，鼻子酸了，鼻孔大了，毛巾一取，一连发出了几声“啊嚏”。“嘿嘿！”他咧嘴一笑，又将毛巾传给别人。直到每个有媳妇守家的人都打了喷嚏，这神奇的沟通男女心灵的毛巾才送回到张不三手里。连喜也要打喷嚏，张不三不给。

“我试试看，有没有妹子想嫁给我。”

“你挖到金子就有了。”

但毛巾还是被连喜抢在了手里。他欲捂不捂，嗅嗅又看看，叫道：“毛巾上撒了胡椒面。”

所有人都拿眼光盯住他，看他还要说，宋进城跳上前去一个耳光扇歪了他的嘴。

其实这奥秘谁都知道，只是不想也不敢揭穿罢了，求个舒畅，求个心安，腾出精神来拼死拼活挖金子。可你偏要用实话搅扰心绪、掏空精神，打你一个嘴巴你还得感谢宋进城的再造之恩呢。连喜知道自己又犯了大错，惊恐地望着张不三。张不三已经有了锁眉竖眼的怒相，回头吩咐石满堂：

“明儿开挖时要点火，叫连喜多砍些烧柴来。”

宋进城愣了，忙道：“我和他一起去。”

“你还有你的用场。”

连喜倒爽快，一迭声喊道：“我去！我一个人去！林子里我熟。丢不了。”

宋进城明白谷仓人一定会图谋报复，一旦连喜撞上他们，那就死定了。他抬头望着迷蒙的原野，仿佛看到一个幽灵正在远方闪现忽明忽暗的荧光，诡谲地朝他眨眼。他不禁恐惧地缩了一下身子。

连喜一个人去砍柴了，但他没有按时归来。不独事事都想庇护他的宋进城感到不安，就连张不三也立到台坡上张望起来。

“咋搞的，你去看看。”张不三道。

宋进城浑身一颤，悲愤地大叫：“死了！他死了！”他相信在散发着恐怖之光的荒野深处，当人直面他们自己制造的暴力和杀气时，对不幸的预感总是不期而至的。

天变了，一半青白一半铅灰，太阳突然远远遁去，像巨型放大镜的聚光点那样扫射着古金场。一条似受创的猛蛇游窜天空的风带，从高空栽下来，一头扎向黄金台顶。于是，围子人的领地开始颠簸了，像怒涛急浪中的一只船，飞扬而起又迅速潜入黑森森的水壑。就在这时，张不三和宋进城看清了在风中动荡不宁的黑色人群，听到了他们的喊叫。两个人转身朝石窑跑去。过了一会儿，窑口像鳄鱼张大的嘴，哗哗哗地将所有围子人喷了出来。他们被面前的风声和人潮的涌动声惊吓得失去了理智，好像迎头撞去才可以免除灾难。而张不三疯得更厉害，竟然习惯性地挥动手臂，连跑带喊：

“堵过去！堵过去！”

围子人朝台下奔去。当他们立定脚跟准备拼死一战时，勃勃向上的人潮便没头没脑地漫溢过来，眼看就要将围子人淹没。宋进城大喊：

“堵不住了，回石窑！”

围子人急转踅回，比刚才跑出石窑还要迅速地隐入了窑口。

人潮更加狂放。整个黄金台顿时被险恶的人欲覆盖了。

人们是为黄金而来的。弯腰拾金子当然纯属虚妄之言，他们也没抱那种希望。但对黄金埋藏于土层之下却是深信不疑的，要紧的是抢占有利地盘。唯独谷仓人另有图谋。人影混乱的黄金台上，谷仓哥哥将自己的人马稍事整顿后，便带领他们朝石窑蜂拥而去。转眼间，他们用怪声怪气的叫嚣和器械的碰撞声在石窑前垒起了一堵恐怖的墙。

石窑里乱成一团。

“我的铁锨哩？×你妈，你拿了我的铁锨。”昏暗的油灯下，石满堂骂道，接着便是一阵撕打声。挨打的王仁厚老大没羞地哭了，连连申辩：“我的，铁锨是我的。”铁锨在这时已成了无可替代的防护工具。

张不三过去，一人一个耳光。

宋进城说：“要是刚才别进窑里就好了。”

“少说废话。”张不三吼道。

人们渐趋安静。这时从窑外传来一声严厉的命令：

"快出来！不出来我们就堵窑了。"

围子人最担忧的就是对方从窑顶把土挖下来堵住窑口。

"畜生！老子不想死！"石满堂骂着，端起铁锨就要往外冲。张不三一把拽住他说："要出一起出，满堂带头，大家跟上。"

王仁厚畏畏缩缩地朝后退去。张不三眼睛一横，过去撕住他，把他推到石满堂身后。

外面，周立通和另外一个谷仓人一左一右把守在窑口。他们一人手持一根头大尾小的桦木棒，随时准备敲打跑出来的围子人。

石满堂出现了。他骂骂咧咧的，突然感到肩膀被重击了一下，身子一歪，咚地倒在地上。他再也不敢吭声，生怕人家再来第二下。

"奶奶的，命硬得很哪！"

吊着伤手站在一旁的谷仓哥哥骂着给周立通鼓劲。周立通又抡起棒子朝第二个出窑的王仁厚打去。王仁厚尖叫一声，滚翻在地。

所有走出窑口的围子人都挨了一棒。谷仓人高兴地喊起来：

"棒棒来了，风收掉，婆娘娃娃哭开了，走好，走好，阴间道上走好。"

大概是受了这喊声的鼓舞，周立通估摸人出得差不多了，猛吸一口气，咬扁了嘴，旋腰挥棒，带着一阵风声朝前砸去，一个命中注定要为黄金殉难的短命人瞪眼看着那棒飞来，眼睛没来得及闭上，轰然一声，脑袋里的所有部件便移动错位，破碎成了一葫芦糨糊。恰好张不三跨出窑口，他望着死人一阵发怵，不禁打了个冷战。

谷仓哥哥阴冷地笑着，他希望张不三吊眼竖起，好激起周立通敲死他的欲念。但求生欲不让张不三唤回他往日的威严和自尊，渴望尽情生活的愿望在关键时刻帮了他的忙。他张口说话了，极力装得平静和诚恳：“放我一条命，我把驴妹子让给你。”谷仓哥哥听着生怕漏掉一个字。之后，他愣了，愣得消失了脸上的厉色，丢弃了浑身勃发的胜利者的自豪。一看这情形，张不三突然又变得硬气起来。他小声骂了对方的先人，留下凶狠的一瞥，大步前去。那些挨了棒打的人顾不得去为同伴收尸，忽地跟上。一长溜黑色人流穿行在一些陌生的淘金汉中间，走下了黄金台。人流后面突突突地紧跟着四辆手扶拖拉机。

谷仓哥哥抬头望着，心中暗暗诅咒：“千刀万剐的，连自己的女人都舍得。”他后悔刚才没把张不三敲死，敲死了，驴妹子不照样属于他吗？为啥要等这个畜生的许诺呢？但他的心情毕竟是舒畅的，仇报了，黄金台到手了，女人也有了，再有什么奢望，那就一定是多余的了。

一声悠长的情歌从高旋的秃鹫胸腔里发出，越过茫茫大气，直插天际云雾。秃鹫的情歌是发情之歌，唤来了黑夜，唤醒了许多金光灿烂的眼睛。浓黛幽幽的黑色桦树林静得鸦雀无声。

连喜的灵魂早已升天了，而尸骨犹存，赫然裸陈在他的伙计们面前。他已经没有人样了，绿虻的咬噬使他满身白肉翻滚，密布的肉洞里有嗡嗡的叫声，食肉昆虫们的爱情夜曲优美动听。他的一只胳膊和一只手已经不见了，头发连皮剥去，白生生头盖骨上有一个深洞，脑浆已从这洞口中流逝。不知是哪个野兽的杰作，竟表现出如此狡黠的智慧和如此高明的技艺。

围子人没有将连喜从树上解下来。他们拾来柴草在尸首下面燃起大火，红色的热潮泛滥了。表情冷峻的围子人个个像石雕，凝然不动，只有眼睛是活动的，随着火苗的跳跃和一阵噼噼啪啪的响声，显得无限哀恸。葬火很快将尸首罩住，像裹缠了一层厚厚的红色尸布。一会儿这不肯平静的尸布又继续升腾，将整个悬挂尸首的大树燃着了。于是古金场中有了人造的悲壮的黄昏，有了人造的鲜艳的霞霓。

当大树和人体一起化为灰烬，火色变作缕缕鬼怪的黑烟，人们从悲愤到无声的葬礼中超脱出来之后，石满堂终于觉得满肚子牢骚就要撑破肚皮了。

“拔根毬毛也能立起来，你就软成一团泥了。驴妹子都肯让出去，我们这些兄弟乡亲到时候还不让你卖了？”

直人说直话，急了，恼了，感情受到损害了，石满堂什么话都敢说。张不三仄他一眼，阴郁地低下头去，只让两道隆起在眉间的肉浪格外突出地显露在对方眼中，表明了他对一切诘难的蛮横拒绝。

“祖宗八辈子，没有黄金照样活，照样过来了，可没有女人不行。那驴妹子，苦巴巴、孤零零的一个好人，给你暖被窝，给你垫肋骨，需要了又搂又啃，不需要了一脚蹬开，你忍心？”

“别说了！驴妹子是好是歹，与你有啥相干？我软了？我还不是为了大家！有本事你去一棒子敲死他们的金掌柜，算你是人养奶喂的。”

“我没本事？哼！我就没本事！没本事也是人，也有良心。你呢？心肺烂了狼不吃狗不闻，臭！那驴妹子，唉！跟了吃心狼还要赔笑脸哩。”

张不三不吭气了，眼望面前的河水。河水泛着清浪，踉踉跄跄朝前奔，好像不奔出个巨大声威来不罢休似的。这时宋进城靠了过来。

“把驴妹子接来，啥事也就没有了。”

“混搅！把她接来，啥事都有了。你想等着看戏啊？”张不三一把撕住宋进城，却又被对方一阵笑声打蒙在那里。

“不就是担心石满堂吗？我叫他老老实实的。”

张不三松了手，思忖片刻，还是摇了摇头。不知为什么，他觉得驴妹子即使跟谷仓哥哥睡觉，也比整日让石满堂用眼光裹来绕去的好。他摘下自己腰间那个扁扁的酒罐，递给石满堂。石满堂侧头痴望张不三，突然明白面前这个赌博性命的人是不会在这种场合讲什么良心的。他绝望地接过酒罐，悲凉地喊一声：“喝酒！”

许多人躺倒在地，疲惫不堪的面孔上毫无表情，目光淡漠得如同失去了太阳的白昼，嘴唇凝冻了，看不出他们是不是还在呼吸。张不三知道，只有酒才可以刺激起他们的精神。

“八台有喜！”张不三一声猛吼，惊炸了一天厚重的雾气，惊得人人都将头勃然奓起。

“来啊！喝酒了！”宋进城马上呼应，摘下自己的酒罐，冲天一洒，便嘴对罐口，一阵猛灌。而石满堂喝得更加野浪，喝干了自己手里的酒，便和宋进城伫立着划拳。

“四喜临门！”

“九发中原！好！你输了！”石满堂喊着，却刁过宋进城手中的酒罐，朝自己的大嗓门倒去。张不三面孔严峻地望他，心思却早就飞升到黄金台上了。

这时，四周已经响起一片猜拳行令的吼声。人们疯癫了，不可理喻地把残存的精力宣泄得淋漓尽致。高兴啊！亢奋啊！为失败欢呼啊！颠前踬后，出生入死，不就是为了人生有一个这样的瞬间吗？但很快这美丽的瞬间被石满堂的一声悲号送上了西天：

“驴妹子！”

他踉跄前去。张不三伸手拦住。

“走开！我要去守她。”

“她已经是人家的了，我说话要算数。”

“畜生！驴妹子愿意吗？”

“她不愿意？啊哈！她不愿意就好，就不怪我说话不算数了。”

张不三恨得咬牙切齿，也不知是恨自己还是恨别人。他一屁股蹾到地上，双手紧紧捂住脸。他问自己，就这样认输了？张老虎的儿子就这样成了让人随便抟捏的面蛋蛋？父亲被人砍掉了下身砍掉了双腿，自己的身体虽然囫囵着，但这副窝憋相跟断了双腿没两样。他又想起了世仇杨急儿，隐隐地有些佩服。这人就是厉害，为了报仇，憋屈了多少年！比起来，他不如，难道自己天生就是个骨头酥软、劲气不足的男人？

第四章 叛 兵

张老虎说了声让他死吧，他就注定要死了。尽管他的头还扛在肩膀上，心脏还在咚咚跳动，但张老虎的话就代表了阎王爷的意志。

来送信的剽悍无畏的撒拉族骑手将尖尖的下巴朝上一翘，似在问，我为啥要死。张老虎将手中的信捏成一团，朝身后的火堆扔去。这就等于做了回答：谁让你来送信呢。张老虎不打算承认自己接到了信。兵荒马乱，骑手或许在半路上遇到了敌人，或许贪生怕死，开小差去睡女人了。

信是西北第二防区司令马步芳给唐古特黄金管理局马刀队队长张老虎的命令，要他在唐古特大峡伏击正在向古金场逃窜的一连叛兵，务求全歼，不得遗漏。

四周是荒野，马刀队的队员们分散在一堆堆篝火边，不时地朝这边张望。张老虎提刀在手，问骑手是想跑还是不想跑。骑手不回答，转身奔向自己的马。就在他跃上马背的同时，一把大头马刀带着啸声飞过来。骑手倒在地上。马惊嘶几声跑向一边。张老虎远远地望了一会，过去从地上捡起马刀，在死去的骑手身上蹭干净刀面上的血渍。两个队员走过来收拾尸体。他们把那颗被大头马刀飞下来的头颅拎起，用皮绳拴住了头发。在离他们不到一百米的地方有几排横逸着斜枝歪杈的青杆树，上面挂满了人头。骑手的头颅将作为新成员加入这个恐怖阴森的王国。

过了几天，以杀人不眨眼而使所有沙娃毛骨悚然的张老虎带着他的马刀队，在靠近古金场的唐古特大峡口围住了在多次战斗中死伤已经过半的那一连叛兵。但这次他并不想杀人，他知道最廉价也最得力的劳动力应该是那些走投无路的战俘。他丢掉马刀，傲气十足地走过去立到两支敌对的队伍中间，冲叛兵大声说："你们走到了绝路上，做我的沙娃，我保证一个不杀。"但对方的回答是匍匐在地做好战斗准备。张老虎的马刀队从来不使枪，也从来不怕枪。在张老虎退回去的同时，他们旋舞着胳膊甩动炮石将一块块鸡蛋大的石头甩过去。炮石本来是用来揽羊的，好牧人可以在几百米开外击中头羊的犄角，迫使它带领羊群改变方向。马刀队的队员们虽然都不是牧人出身，但为了指挥和对付逃跑的沙娃，天天都在练习。几乎所有甩向叛兵的炮石都击中了目标，有被砸晕的，有被砸出叫声的。于是叛兵的枪响了。张老虎身边有人饮弹而亡。张老虎大喊："砸烂狗日的头！"一排更加密集的炮石从四面八方呼啸而起，接着又是一排。叛兵开始突围。但骤雨一样陨落的石头使他们很快打消了突围的念头，因为被石头击中脑袋的往往是跑动的人。他们趴倒在地不动了。张老虎指挥马刀队缩小包围圈。又有了枪声，马刀队又有人死去，炮石又一次飞去。这样持续了一会，枪声就哑了。马刀队蜂拥而上。叛兵横七竖八地或卧或躺，有死的有昏过去的还有砸瞎了一只眼睛或砸裂了头盖骨而痛苦呻吟的。张老虎手提马刀逡巡在他们中间，不时地用脚踢一下，看到中用的留下，看到不中用的就顺手一刀割下头，再将头一脚踢出老远，让队员们拾起来带回去挂在树上。到了第十七个叛兵身边，他看是一个身坯高大的人，便蹲下将纹丝不动的身体扳得仰面朝天。他瞅瞅那张脏腻而稚嫩的年轻人的脸，抬脚在他的腿夹里使劲一踩。那年轻人吼叫一声，睁开眼一看，机灵地朝一边一滚，跳起来，脚没立稳就朝张老虎扑去。张老虎挥刀就砍，又突然将胳膊缩回去，侧身用岩石一样结实的肩膀顶住对方，一脚蹬去，再次蹬在年轻人的腿夹里。年轻人后退几步，捂着下身立住。

“来吧，做鬼也要咬死你。”

“便宜了你。做我的沙娃，我就放你一条生路。”

“沙娃？”

张老虎从身上摸出一块拇指大的沙金丢给那年轻人。年轻人接住，看看，大惑不解。

“沙娃就是给我淘金子的人。”

这叛兵明白了：他要让自己和那些活着的人做他的苦役。

“我们不缴枪。”

“成。”

“我们的队伍不能解散。”

“成。”

“要不我们就死。”

“先活着，到时候你们就不想死了。”

张老虎窃笑：一群在白天迷失了方向的猫头鹰落进了老虎窝，不立马吞了你你就得给老子磕响头，还要讲条件？什么条件他都可以答应，因为一进入他的淘金地，一切条件都将失去作用。

把三十六名俘虏带回淘金地后，张老虎叫来最初相识的那个年轻叛兵，问他是不是头。年轻人点头。张老虎知道他不是头，他之所以点头是想掩护那些真正的头。三十六名俘虏中说不定就有连长、排长什么的。但张老虎想利用这个年轻人，从对方那两只火炬般熠亮的眼光中他似乎窥探到了一种残忍和野兽一样的狂妄，这正是淘金生活所需要的。

“那你就是你们那伙人的领班。你叫啥？杨鸡儿？鸡儿鸡儿，娃娃的鸡鸡儿。好名字。”

“是急儿，我性子急，一急就不要命，啥事都干得出来。”

话里露出对张老虎的挑衅，但张老虎不在乎。

“杨急儿？现在你就急着给我淘金子。见了金子不着急就不是人。”

这是一片古金场南部的开阔地，紧挨它的是一条山谷。冬天里天寒地冻，沙娃们先点燃篝火烤化冻土层，然后将沙面砂石用皮袋背到山谷另一端的河面上，那儿又有另一拨沙娃砸出冰窟进行淘洗。淘出的金子全部被马刀队收去集中到张老虎的原木房里。张老虎每隔一月派人把金子押送到设立在唐古特大峡外的黄金管理局，再由管理局上缴受马步芳直接控制的湟中实业银行。张老虎从中当然要留一部分作为自己的财产，至于留了多少，还要留多少，连他自己也不清楚。三十六名叛兵开始几天的工作就是将一个个装得圆溜溜、硬邦邦的皮袋运送到五里外的河边。几百名沙娃和他们干着同样的活。皮袋用皮绳绑在背上，压得人人弯腰弓背。天空昏暝而不祥，两边枯黄寂静的山脉带着几分挑战似的嘲弄。马刀队的队员们挎着马刀，拎着木棒，不时地朝沙娃们吆喝，个个都显得残酷无情。叛兵们受不了这种要命的驱使，便开始怠工。半途中，杨急儿首先斜靠到一块岩石上连说走不动了。

“走喽走喽，没到歇的时辰。”

马刀队的催促反而使别的叛兵也和杨急儿一样贴住岩石不动了。有个沙娃想学叛兵的样子，招来了两个马刀队员狂怒的棒击。他倒在地上，被沉重的皮袋拖着想滚又滚不动，歇斯底里地喊着爷爷，一个劲地告饶。

这一天注定要死人，天空早有预示，那一轮久久不肯露面的太阳正隔着云层暗自发笑。杨急儿解开了皮绳，扔掉了皮袋，大步走过去。叛兵中有人用命令的口气要他冷静，但他没有回头。他老拳出手，打在马刀队员的鼻梁上。对方发愣，倒不是害怕他，而是吃惊他这种打抱不平的胆量。另一个马刀队员下意识地举起了木棒。杨急儿扑过去。木棒敲在他的脑门上，他不管，双手死死拽住对方腰际的马刀。他被打倒在地，但同时对方的马刀握在了他手里。他朝上一挥，刀尖划过对方的耳朵。对方朝后一闪，他就跳了起来，让刀光飞出一道道遒劲有力的斜线。密不透风的光影那边，有人倒了下去，脸上身上到处都是一撇一捺的血沟血壑。另一个马刀队员飞快地跑了。那个挨了打的沙娃突然跪倒在红艳艳的死尸旁，发出一阵惊骇无主的哀号。杨急儿住手了，威风凛凛地立着。叛兵们全都围过来。散开一条线的沙娃们也都卸去了身上的重荷。肩碰肩头碰头地聚拢成了一座黑色的山体，骚动不宁。有人大喊：

“把祸闯下了。”

哀号的沙娃跪着挪过去抱住杨急儿的双腿：

“砍了，你把我砍了，反正是一死。”

杨急儿扔掉马刀，想扶他起来。他瘫着，像一团泥，拉不起扶不直。

有个年长的皮包骨的沙娃走过来，恼怒得眉毛乱跳：“你杀了张老虎的人，张老虎要收拾我们哩。你说咋办？”

“反了，我们大家一起反了。”

“放你妈的屁！张老虎一刀能剁下六个人的头，谁敢反？今儿你们不死，明儿我们的头就会挂在树上。伙计们，我们不能死，我们要为张老虎的人报仇。打！把这些外路人往死里打。”

刹那间，几百双冰凉枯硬的手像从天而降的鹰爪朝叛兵们伸去。他们是天天挨打的人，从来未打过别人，这次也算是集体发泄。

“打！往死里打！”又有人喊道。

杨急儿的脑壳里嵌进去这句话后他就昏死过去了。一块石头击中了他的脑袋，并给他带去了永久的罪恶的意念。下午，在寒风的哄诱下，他回到了晚霞的瞩望中。天边是无数云翳的洞隙，是无数血红的眼睛。他的眼睛也是血红的，红得染透了他目光所能看到的所有物体。沙娃们都走了，山谷里除了他没有别的活人。但他觉得他们还活着，他们之所以躺着不动，是想用自己的肉躯照耀出一个通红的世界，或者是想让紫红的血浆痛快地溢出来，全部灌注在他的血管里。他走过去，在每具尸体旁伫立片刻，一共伫立了三十五次，天就要黑了，他想离开那里，打定主意去找张老虎。他望着山谷另一头的浓重的青雾，想发出几声壮猛的吼叫来驱散四周的寂静。可他壮猛不了，他感到浑身乏力，气息短促。他稳住神，担心自己走不出山谷，便低头凝视脚下一摊一摊的积血，有些已经冻住了，有些还没有。他蹲下身去，皱着鼻头嗅嗅清新微甜的血腥味，突然趴下了。他将头整个埋进冰凉的血水之中，贪婪地吮吸着。直到它润湿了他的肠胃，他才抬起那张血红的脸，再次望了一眼远方的青雾。他站起来，喃喃地告诉那些尸体：我喝了你们的血，就是为了让那些杀了你们的人流血。

第二天早晨，张老虎在自己的原木房前看到了杨急儿。杨急儿已被几个马刀队员反剪双手绑了起来。一见张老虎，他就腾地跪下了。他请求张老虎不要杀他，也请求对方不要让他再做沙娃。张老虎隆冬季节只在光身子上挂了一件缎面夹袄，敞开衣襟，露出毛烘烘的胸腹。胸腹上每一根黑色的鬈毛都表明着他的超人的残酷和理解残酷的能力。当杨急儿说到自己想在他麾下当一名马刀队的队员时，他就明白了对方的心思。他从队员手中要过一把马刀，扔到杨急儿面前。杨急儿双手捧起，朝他拜了三拜。

“拿一颗人头来做见面礼。”

“拿谁的？”

“想拿谁的就拿谁的。”

杨急儿起身走了。半个时辰后他杀死了第一个沙娃。

杨急儿当了马刀队的队员后，张老虎反而不让他肆意杀人了。

那是劳动力，杀多了影响产金量，除非抓到携金逃跑的沙娃。三年下来，杨急儿只要了五个沙娃的命。他焦灼地时常捶打自己的心窝，时常望着那条山谷祈求亡灵的原谅。那些亡灵里有叛兵的连长——他的亲哥哥。

张老虎每年都要离开一次古金场，带着金子和保镖到有女人的地方风光风光。有一年出去后他在家乡置了家产，娶了媳妇，耽搁了一些时间，这就给杨急儿提供了一个机会。他和另外几个马刀队队员监视着两百多名运送皮袋的沙娃穿过山谷，就在三十五名叛兵遇难的那块地方，他借口走得慢用木棒击倒了一个沙娃。别人停下来替挨打的沙娃说情。他说谁停下来谁就是消极怠工。他把所有停下来说情的沙娃叫到一边，数了数一共十四个，便对他们说，别干活了，今儿你们歇着。之后他从自己腰际解下一盘细长柔韧的皮绳。人们没有反抗，都不知道他要干什么，还以为这种绑起来的惩罚比起棒打要轻松好受得多，况且，绑住手脚就意味着休息，困乏的身子和瘫软的双腿最需要的就是稳稳地依靠在地上。

他们背上的皮袋卸去了，双腿并拢着从腿根到脚踝全被杨急儿用皮绳扎了起来；双手背过去，在捆住手腕的同时又在脖颈上缠了一圈，然后皮绳延伸着再去捆绑另一个沙娃。人与人之间相隔三尺，十四个沙娃被绑成了一排。皮绳的两头拴死在两块稳固的岩石上。有人站不稳，咚地倒在地上。接着便是一片吼叫声和想吐气又吐不出来的呼哧声，酷似骡马在干渴的日子里对着燥热的太阳张嘴吐舌地抗争着窒息的那种声音。因为倒地的人将皮绳拉紧了，他自己和他两边的人都被皮绳勒紧了脖子。杨急儿发出一阵狞笑，受到惩罚的沙娃们这才明白那皮绳就是一根死亡的绳索。倒地的人怎么也站不起来，徒劳地在地上挣扎着，皮绳越拉越紧，他和他两边的人都痛苦地半张着嘴，鼻孔绷得圆溜溜的，又长又黑的鼻毛翘出来一上一下地蠕动。那些仍然背负着重荷的沙娃们从他们身边经过，惊怪地望着这治人的新花样，生怕自己也会被绳索串起来，脚步顿时加快了，一个个变得精神抖擞，仿佛别人用痛苦给他们注入了一股拼命劳作的力量。杨急儿带着幸灾乐祸的神情蹲到一边观看自己的杰作。这不是他的发明，家乡抗租抗粮的农民就曾经被县衙里的刽子手这样整治过。那时，他差点也被串在绳索上，但他跑了，跑去当了兵。

倒在地上的那个人不动了。杨急儿看到，他左边的一个沙娃龇出两排齐整整的黄牙，咬住皮绳使劲朝自己这边拉。皮绳在他脖子上松脱了一些，而倒地的人却已经很难呼吸了。过了一会，杨急儿断定那人已被勒死，便过去在他脖子上割断皮绳，又把两头在空中连接起来。那个咬住皮绳的沙娃一直没有松口，一直在用牙齿将皮绳朝自己这边拉。皮绳勒进了和他邻近的那个沙娃柔软的脖子，那沙娃瞪凸了眼仁张嘴哦哦哦地吸着空气，但呼吸的大门已经关闭，空气一到嘴里就被堵了回去，而用牙齿死咬皮绳的那个人却感到舒畅了许多，喉咙上没有了任何压迫，皮绳松松地垂在他的下巴前。他勾下头，用下巴蹭住绳圈，一点一点挪到嘴巴上。皮绳绷得更紧，靠近他的那个沙娃突然倒了下去，身体扭曲了几下就僵住了。他知道那人已经被勒死，而他的嘴角尽管被勒出了血，牙床也有了牙齿往里长的那种痛感，却再也没有了被勒死的危险。他大声喘气，无比哀怜地望望杨急儿，生怕对方将那好不容易蹭上去的绳圈再次套到他脖子上。但杨急儿脸上却溢荡着赞许的神色，冲他笑笑，转身离开了那里。他明白，在这条拉紧的绳索上，有一个人活着出来，就会有另外一个或两个人倒下死去。只有一种情况可以让他们全部活着，那就是谁也别想减轻自己脖子上的压迫，谁也别去考虑先让自己活的问题，大家一齐忍受折磨，平均分担痛苦，挺住身子不要动，更不要去用牙齿碰那根皮绳。可是，沙娃们似乎根本想不到这些，都愿意做那抢先挣脱勒索的事情。杨急儿回头看看，发现剩下的所有活人都龇牙咧嘴地咬住了皮绳。这和刚才的情形已经不同，人人都在拉，谁都想让皮绳朝自己这边挪近。一场连环套上的角力使他们个个满头大汗，精力格外集中。有人突然力不从心地松口了，大哥——乞求对方不要再使劲的话还没说完，皮绳就无声地从喉结上滑下去，陷进了松弛的皮肉。不到两分钟他就翻起白眼倒了下去。杨急儿满意地点点头，放心大胆地走了，一边走还一边唱起了歌：

山里的水萝卜川里的田，
杀了财主是好汉；
蓝茵茵的绸子红红的绢，
当了吃粮人扯你的卵。

下午，当杨急儿监视那些运送皮袋的沙娃再次路过这里时，他的神态就变得更加得意满足。十四个人中，六个人将脖子上的皮绳松松款款地噙在嘴里，他们安然无恙地活着，只是耷拉着头，眼睛无光，一副精疲力竭的模样。别的沙娃全被勒死了，那是幸存者活着的代价。杨急儿给活着的人解开了绳索，高兴地说："明儿我给你们放假"。第二天，他果然没让那六个人出工。

接下来发生的事情是杨急儿又让沙娃替他取下了四颗人头。两个沙娃探听到张老虎不在，将腿肚子用刀划开，在里面放了几块私藏的碎金，用布条缠紧后打算逃走。但他们没想到对沙娃的警戒比张老虎坐镇时还要严密。杨急儿在山谷连接河水的那一端拦住了他们。他们被吓得跪不能跪，说不能说，趴在地上，浑身发抖。杨急儿灵机一动，克制着没让自己的马刀行使权力，反而把它掷给了他们，并从身上摸出张老虎一开始给他的那块拇指大的沙金说：

"一人取两个沙娃的头来，我就放你们走，还要奖一块金子。"

两个沙娃直起腰，呆愣了半晌。

"你们不杀人我就要杀你们。"

杨急儿躬腰去捡自己的马刀，那马刀却被一个沙娃扑过去用身子压住了。

两个沙娃提着一把马刀朝回走去，天亮前便将四颗人头交给了一直等候在谷口的杨急儿。他们生怕杨急儿食言，再次趴倒在地，连连求饶。杨急儿爽朗地哈哈大笑：

"我杨急儿是讲信用的，拿去！"

他将那块沙金扔给了两个性命捏在他手里的沙娃。两个沙娃一个劲磕头，磕得额头麻木了，抬眼一看，杨急儿早就不知去向。这是多少年以来沙娃们携金逃出采金场的唯一一次成功的举动。

张老虎回来后知道了这两件事。他闷闷不乐，倒不是怜惜那几个死去的沙娃，而是一种妒忌的本能使他不希望看到有人在施虐方面和自己并驾齐驱。他想让杨急儿的头搬家，或者收去他的马刀，让他也去做一个任人宰割的沙娃，可思前量后还是没有下手。他想到了黄金台上的通地坑，杨急儿的淫威也许会在那里成为最有用的东西。

张老虎娶了媳妇有了家，这表明了他的一种倾向或者说是担忧：他在古金场干了二十多年，不可能干到咽气的那一天，前半辈子吃苦玩命，后半辈子享福保命。总有一天他会彻底离开古金场，而且这一天的到来似乎并不以他自己的意志为转移。他是汉人，他知道马步芳除了利用他的凶残掠取黄金外，并不真正器重他。他比以往任何时候都更多地想到了黄金台上的通地坑，那儿将会有他最后的疯狂和最后的希望。然而，这希望的实现推迟了三年。三年中，对他已有戒心的马步芳时常派人来金场巡视，他不敢贸然动土，因为他掏挖通地坑的目的绝不是为了增添马步芳的财富。三年过去了，由于世道变迁，那希望也就泯灭了，杨急儿却在三年当中基本上实现了自己的夙愿：他杀死的沙娃前后加起来已有三十四名。还差一名，他不着急，他要留着发泄自己那种浸入骨髓的、带着遗传基因的仇恨。

三年后的一个夏天，张老虎突然把杨急儿叫到他的原木房里，头一句话便是，沙娃们要暴乱，你看咋办？杨急儿略感惊讶，他从未听说过这等事。更让他惊讶的是，一向傲慢残忍的张老虎竟会向他提出这个问题。他试探着问："你是想让我的马刀卷起刃子来？"张老虎沉吟着突然和颜悦色地回答："我要你赶快走。"他琢磨面前这位霸主要对他玩什么花样，但愣了一会就明白，张老虎只是想借重他的骁勇残暴，把一批藏在原木房地下的金子运送到他的家乡围子村。

杨急儿奉命带着六名马刀队队员离开了古金场。他是高兴的，因为他已不想再和沙娃们过意不去。就在他们穿越唐古特大峡后的第二天，古金场深处空前残酷的大屠杀开始了。张老虎以每天取头五十颗的进展准备将沙娃斩尽杀绝。沙娃们起初并没有觉出什么反常，以为那些死去的一定是给张老虎惹了麻烦，死的该死，活的该活，他们不记得自己惹了麻烦，也就想不到自己也会死。在这种麻痹状态下，屠杀持续了七天。三百五十颗头颅已经悬挂在青杆树上了。活着的人这才感觉到死亡离自己只有一步之遥。他们互相串联着开始逃跑。一千多名沙娃一夜之间散向荒野四周，接下来便是追逐，马刀的寒光闪现在这块蛮荒之地的各个角落，只有不多几个幸运的人逃过了这一场莫名其妙却又非常自然的洗劫。

古金场外面的世界正在演绎着一出改朝换代的悲喜剧。

杨急儿到了围子村，把金子如数交给张老虎的媳妇。这媳妇抱着儿子，一丝不苟地验收，然后又让他们把金子藏进了炕洞。这时，马步芳坐飞机逃向台湾的消息已经传来，几个马刀队队员悄悄溜了。他们身上或多或少都带了些金子，丢掉马刀，乔装打扮一番，便凄凄惶惶地直奔各自的家乡。只有杨急儿一个人留了下来，说是要尽忠尽职。那媳妇好生感动，每天用好饭烧酒招待，生怕在这多事之秋家中没有一个男人，让自己六神无主。

过了一个月，张老虎才从古金场回来。他身边一个保镖也没有。马刀队散了，是他命令他们散的。一见杨急儿他显得喜出望外，大把大把地从衣兜里抓起碎金朝他怀里塞，说这是对他忠心不二的褒奖。杨急儿扑腾一下跪倒在地，庄重地磕了三个头。张老虎想不到这是对方给自己的祭礼，还要媳妇温酒炒菜，说要和这位叛兵英雄结拜兄弟。喝着酒，张老虎又是伤感又是愤慨。

“赢了，共产党赢了，今后的日子难过了。”

“你有金子还怕日子难过？”杨急儿赔着笑脸道。

“你笑啥？笑你妈的蛋哩。你有血债，三十四条沙娃的命，都登记在我腔子里，我想啥时候公布就啥时候公布。”

“还差一条人命。”杨急儿差点说出这句话。

“你说，我给你吃喝，给你公干，为的是啥？你说，我当初砍了送信的骑手，为的是啥？”

杨急儿摇头。

“我看你不知好歹，实话对你说，我当初那样做，全是为了共产党好啊。你们当叛兵是共产党挑唆的，你们就是共产党的人嘛。马步芳的手谕里说得明明白白。”

杨急儿着急起来，表白道：“那是胡说。我们连共产党是黑脸还是白脸都不知道。”

“那为啥要当叛兵哩？”

“旅长奸污了我们营长的小老婆。营长带着队伍去干仗，干不过就跑，跑了一路干了一路也散了一路，最后就剩下了我们半连人马。说我们是共产党的人，不叫人笑掉大牙吗？”

“现在是啥时候了，你还不承认。我问你一句，叛兵是谁杀的？”

“是沙娃们杀的。”

“对！你就这么说，我张老虎在危难之中保护了你，保护了共产党的人，我是个功臣。”

“我就这么说。”

“兄弟，我敬你一杯。”

杨急儿接过酒杯，一饮而尽，看那媳妇搂着儿子和衣蜷缩在炕角，便起身告辞。张老虎在他身后喊道：

“我有的是金子，共产党要多少我给多少。”

杨急儿回到自己歇息的那间房里睡了。半夜，他爬起来，手提自己的马刀，悄悄地摸了过去。他毫不迟疑地下手了。嚓的一声，张老虎就变成了两半截。女人以及孩子惊怕的哭喊刺破了房顶和暗夜。杨急儿从炕洞里取出几块大金子，揣进怀里，匆匆出了门。

他走进黎明的迷雾，理直气壮地去迎接正在诞生的新政权，那些金子和杀死张老虎的壮举便是他的见面礼。但仅仅过了一年，他就发现自己的算盘打错了。幸存的沙娃们的证词使他成了一个囚犯，他被关押了十七年。

第五章　金星骨殖

消息以惊人的速度传播着：张不三走了，告别了他的伙计们和黄金台，趁着浩茫的云雾，消逝在了谷仓人的关注之外。有个自称年年都来古金场的货郎说，他看见张不三的身影被一股青幽幽的冷气推进了古金场南部的山里。听说那儿挖出了大金子，不要命的张不三想去沾光了。

“他把妹子带走了？”

“妹子？知道知道，他有个妹子，唉！好俊气的一个妹子，听说他卖了。”

“卖了？”

“是卖了还是让给了别人，底细不清楚。反正他没带。上午我来时还见她在房檐下晒阳娃哩。”

谷仓哥哥的兴奋是不言而喻的。被丢弃的驴妹子现在自然是属于他的了。他傻乎乎地从货郎那里买得一方花头巾，垂吊着双手，傲岸地立在黄金台石窑前的空地上。

谷仓人从来没有身上带手巾的习惯，袖子揩鼻亮晶晶，自小揩到大，揩到老；一件衣服越旧越有光泽，两袖亮晶晶硬邦邦，走到哪里也都是农人标记、穷苦气派。如今，谷仓哥哥的腰带上突然拴了一方新崭崭的手巾，而且印着艳艳的大红花，伙计们没有惊裂眼睛惊歪嘴，就算是见多识广了。是的，他不能把手巾装进衣袋。衣袋里面黑乎乎的，前日装了烟末儿，昨日装了馍馍蛋儿，去年正月侥幸装过一块肥嘟嘟的白水肉，还不算久远历史留在里面的生活痕迹。脏了这手巾也就等于脏了他这颗为女人跳动的激荡的心，那可就水擦不净了。管它三七二十一，笑话惊诧由他去，他谷仓哥哥可不是那种二两瓶子装不下一斤货的乡脑角色。时来生铁增光，运去黄金失色，该是他风光风光的时候了。

“谷仓哥哥，买花手巾做啥？”有人问他。

人人都明白谷仓哥哥要去积灵川，去一个有着花朵精神的女人那里，可玩笑不开白不开，枯燥烦闷的生活需要佐料。

“有用。”他说。

“拿过来让我先用用。”

周立通过去一把撕过手巾来，顶在头上，扭扭摆摆哼唱着前去：

麻胡儿月亮麻胡儿夜，
麻胡儿媳妇麻胡儿睡。

谷仓哥哥被他的玩世不恭所感染，也跟着唱起来。忽觉胸腔阻塞，心里难过，懊悔地喊一声："扯毬蛋，驴妹子是月亮人才、锦绣身子，糊里糊涂睡得吗？"

"睡得！睡得！"好几个人道。

"睡啥？跟你妈睡去！"谷仓哥哥骂人了，他觉得人们亵渎了他水一样清、金子一样纯、石头一样真的感情，觉得这些被同一个太阳照耀、被同一样的风吹黑了脸、被同一块土喂养的乡亲全都不理解他。只有他理解自己，也只有他才是天底下第一个干净正直美好的人物。那驴妹子，清清亮亮一眼泉，透透明明一块玉，捧在手里、含在口里、揣在怀里、摆置在心尖尖上，还怕风吹雨打弄脏了哩。

"回来！把手巾给我。"他朝周立通喊道，等不得人家返身过来，便急颠颠撵去。他要捍卫那花手巾并为这种捍卫的神圣而感到自豪。可自豪的结果是，嘶啦一声花手巾扯成了两半。他将周立通踢倒了，周立通自然要用拽住手巾不放的举动作为报复。他抖着一半手巾连连发问：

"咋办哩？咋办哩？"

"沾上！用唾沫沾上！"周立通爬起来，看看攥在自己手中的半朵红花，伸出舌头就舔。

谷仓哥哥一把夺过来，又弹又抖，见抖不净那稠乎乎的唾液，便在衣襟上蹭来蹭去，衣襟上有土，越蹭手巾越脏。他气得跺脚咂嘴，又要向周立通发泄怨怒，对方早已溜远。围观的人哈哈大笑。谷仓哥哥无奈，丧气地看着两半花手巾，手一扬，扔了。

两半花手巾纠缠着在空中飘舞，又一头朝下栽去，蹭着地面向前滑行，最后消逝了。谷仓哥哥怜惜地望着，突然有了一种心惊肉跳的冲动，一种理智无法支配的情欲的萌发。他觉得自己已经很累了，需要休息，而最解乏的便是驴妹子家中的那条大泥炕，还有那他可以彻夜枕在上面酣睡的香喷喷、软乎乎的胸脯。张不三已经将她让给他了，只要她愿意，她就永远属于他。他想即刻就去她那里，可一回头，就明白自己是不能离去的。他得带着伙计们碰运气。企盼中的金子已经让他失去了自由，而他需要的也恰恰就是这种金色的可怕的禁锢。

谷仓人已经发现，和围子人的争锋早就耽搁了他们的时间。他们纷纷离开窑口，在别的淘金汉挖掘坑窝的台坡上，寻找他们自以为下面就有大块沙金的空闲地盘，找到后便心急火燎地下手干起来。这行动使谷仓哥哥感到吃惊，他们怎么没得到他的命令就开始了呢？按照惯例，他应该把所有人召集到一起，垒起新祭坛，面对祖灵来一番群情激昂的赌咒发誓——颂扬团结，摈除分散，谁挖到金子谁交公，完了大家平分。在随时都有死亡临头、恐怖缠身的荒野深处，任何人都没有理由摆脱对乡党团帮的依赖。而现在他们却只想把团结精神体现在用一口锅、吃一种饭、睡一样的带着噩梦的觉和抗击围子人上，至于金子，似乎谁挖到就是属于谁的。

“停下！停下！都给我过来！”

他跑过去朝自己人呼喊。但伙计们太专注于地层深处的黄金了，没人理他，甚至连抬头望一眼的举动也没有。只有风是听话的，悄没声地飘来，钻进他的裤筒，在光腿上游移。

“过来！集合！”

他的喊声被荒风吹散了，如同野鸟的啁啾让人淡漠。他恼火地走过去站到一个已经挖进去半米多的土坑前，将正在铲土的周立通撕转了身子：

“听见没有？”

“啥呀？”周立通眨巴着眼，不解地望他。

“没脑子的猪，想抱金砖又不知道咋抱。这样挖下去成吗？”

“咋不成？”周立通烦躁地反问。

“集合！”他说着，又到别的坑口训斥人去了。周立通又低头吭哧吭哧干起来。无形中的竞争已经开始，谁都想先挖到金子，谁都觉得自己占据的是最佳地形，谁都想在一种不分昼夜的劳苦之后变成财主。

谷仓哥哥训斥完了别人，再回望周立通，突然感到一阵沮丧，同时也清醒了许多，人们已经把他的举动看作是妒忌和多管闲事了。他静静立了一会儿，看没有一个人听他的话跟他过来，便叹息着摇摇头。何苦哩，他也是条刚血汉子，甩开别人，他不比谁过得好呢？可眼下，他的一只胳膊吊在胸前，锨拿不成，土挖不得，好像他不去到处吆喝着阻碍别人就没事可干了。

睡觉去，睡他个人昏金子黑，忘天忘世界。他朝前走去，忽觉悦然而轻松，甚至还有一种幸灾乐祸的快感：照这样分散挖下去，十年九载也挖不出三两金子。伙计们汗流浃背的结果，还不如他做几场美梦来得痛快。

不过，要睡觉也得找个好地方。不想黄金了，可不能不想妹子。他朝台下拐去，忽然记起了嫂嫂。嫂嫂待他好，常说：“谷仓家，你啥时能娶个媳妇？咱阿大阿妈不在世了，该我们张罗，可你阿哥成了瘫子，叫我一个人咋给你操心哩。”他在心里说：“嫂嫂，人如今有了，有了……别给我操心，你就操心阿哥的病吧。”他高兴起来。

原野，原野中大气的动荡，大气中忧伤而雄健的格调，从人们脸上那两个深邃的黑洞中升起。不再刮风，太阳的光斑静悄悄倾洒，像纷纷扬扬的黄金雪。

秋深了，突然深得像女人的眼睛，像男人心中为寻找黄金而变得沉甸甸了的黑色思虑。

登上黄金台的那些忧急而冒失的人众不久便挖出了东西，但不是黄金，而是白花花的人的骨殖。更让人吃惊的是，这些先人的遗落物竟那样多，只要揭开两米厚的地皮就随处可见，层出不穷。好像偌大一座黄金台，全是由白骨堆成的。人们起先异常兴奋，以为他们企盼中的那种成色纯真的黄金并不是自然生成的，而是这些数千年前的人类用以炫耀富贵的身上的佩饰或囊中的积攒。

用力气、用汗水、用激奋的情绪、用庄稼人的那双粗糙的具有挖掘传统的大手，一鼓作气朝里挖就是了。这里没有那种青色的迷人的砂粒，也用不着拿龙骨金床去淘洗簸筛，五官便是最好的探金雷达。人们用瞪圆的眼睛在松土中石块间和人骨的夹缝里细细搜寻，有时还会趴在地上，贴过耳朵去屏息谛听那种只有老练的金场冒险家才可分辨的预示黄金出现的微妙声响。而鼻子挨着地面轻轻吸气的举动，表明他们霎时和自然贴近了。摈除思考，丢弃理解，只用感官去和命运表示亲热，感受大地的冷温亲疏，敏捷而准确地判定好运的降临或那种细微的却是严厉的拒绝。

终于，随着暗夜悄悄走来，他们的精力用尽了，剩下的就是迟疑不决、沮丧困惑。痴呆的神情里失望不期而至，川流不息在干裂的嘴唇间的是一疙瘩一疙瘩的叹息，像白色的骨殖那样在四周堆起垒高。他们猜测着，面前这些骨殖是什么人的？埋藏了多少年？它们为什么会集中到这里，把恐怖气氛和迫人窒息的白色托出地层呢？鬼！只有千万年游荡不去的古灵旧魂知道。它们是洞察一切的，它们这些苍鬼是遍地老骨的主人。蓦然之间，那些被淘金汉们随便堆积起来的骷髅在夜色中整整齐齐地竖了起来，睁开拳头大的眼睛，龇起雪白的牙齿，朝人影狞笑。所有人都停下了手里的活，惊慌四顾，却又发现，每传来一声颤抖的笑声，就倏地闪现一点奇幻诡谲的亮色。渐渐地，笑声多了，此起彼伏。荧荧烨烨的火色连缀成一片金碧辉煌的地狱之光，披挂在了灰蒙蒙的黄金台上。人们已经无法静立，尽量寻找没有人骨堆积的空地，挤成一团，瑟瑟发抖。而谷仓人却从四面走来，快快隐进了石窑。

大约到了午夜时分，万物枯死的黄金台上，突然回荡起一阵人流奔腾的沓沓声。先是那个首先登上黄金台的络腮胡子果断地带着自己的人走了，接着，数千黄金狂纷纷撤离，再也不做挖洞就拣金疙瘩的美梦了。淘金汉的希冀只能寄托在四野中的青砂层里，只能撑起龙骨金床，借积灵河的圣水一点一点地冲刷出金光来。月亮滚开了，群星逸去，紧接着便是鬼笑的收敛和地狱之光的熄灭，便是寂静的复归，便是轻风无声的飘曳。在西坡石窑里，谷仓人却还在酣睡，轰轰隆隆的，鼾息一片。

夜深了，星月再次出现，轻飘飘浮动在虚空之中。谷仓人中最有灵性的周立通被一道亮光刺开了眼睛。他呆望窑顶，竭力回想自己醒来的原因。片刻他摸摸权充了枕头的棉衣。在，那块压在心头的金子还在。他放心了，用舌头舔舔涩巴巴的上腭，觉得口渴又觉得尿憋。他起身披上棉衣，朝窑口望望，见窑外金光闪烁。那金光摇摇摆摆飘进来，勾起他的身子往外拖。他来到窑外，眨巴着眼在地上寻觅了好一阵，发现并没有闪烁的金光。他解开裤带对着黑夜撒尿。尿声大作，他始才觉得四周一片死寂，淘金汉们踪迹杳然，不知去向，好像原先那种闹闹嚷嚷的场面不过是一场梦。他打了个寒战，明白刚才朝他闪烁的是星光而不是金光。可这念头一出来，遥远的群星便蓦地朝他逼近了，光芒四射，炫人眼目。金子！他几乎喊出声来，快步走过去，走了半晌也到不了金子跟前。他四下看看，发现周围堆满了白花花的骨殖；发现群星迅速远去，金光消逝了，荧火幽灵一般飘来荡去。他浑身猛颤，转身往回走，走了约莫半个时辰也不见窑口。他立住，惊疑自己中邪了，迷路了，而面前的荧火又告诉他，他似乎是要去鬼魂窝里串门的。他吓得尖声叫妈，又发现神秘的古金场没有他的妈，他只好求救自己的双腿。双腿僵硬得怎么也不打弯，像木桩，像家乡正月的高跷那样直撅撅地捣向地面。鬼打墙，鬼绊脚，无数鬼手从黑暗中丫丫叉叉冲过来撕拽着他。他不敢叫妈了，叫爷，老天爷，祖宗爷，关帝爷，财神爷……天大地大不如他的叫声大，叫得嗓门冒烟，也不见哪位爷爷光临。恐怖至极，他便一屁股坐到地上。一个黑影从他身后绕过来，耸立到他面前。他吓得就要跳起，黑影伸手将他摁住。

“你来这里干啥？”

周立通觉得声音很熟悉，抬头仔细瞅瞅，才发现来人是李长久。他想不到，从他一出石窑，李长久就一直跟踪着他。

“星星贴到地上了，我当是金子就去拿。”

“人心不能太贪，你已经有金子了。”

他正要否认，就见李长久举起了双手，双手之间是一块泛着青光的石头。石头砸了下去。他惨叫一声歪倒在地。李长久扑到他身上，急急忙忙扒下他的棉衣。黎明前的夜色愈加深沉黯郁，就像人的黑色欲念。那块金子从死去的周立通身上转移到了李长久怀里，李长久顿时感到异常紧张，跳起来就跑。他的面孔也像被什么迅速地重新塑造了一番，卑微和惊恐牢牢地嵌进了他的眼睛。

驴妹子打开房门时天已亮透，太阳顺着积灵河滚动，倏忽一下滚上了远方的山顶。阳光斜射而来，将对面那棵冷杉树照得金光粼粼。同样披了一身金光的还有树下的那个操着袖子的人。

她惊愣着望他，好一会儿才眨巴了一下眼皮，发现他已经走到自己跟前，便板起面孔，眼睛里妍妍地有了几缕悲哀，冷淡地问他来做啥。他支吾了半晌才道：

“我在外面等你起来哩。”

她送给他水灵灵的一瞥。

“妹子，嘿嘿，我的。”他禁不住将这充满邪味的笑声用牙齿从胸腔里抻了出来，又道，“你男人说，我就是你男人。”

她没听懂，惊慌地抬眼朝他来的那条路瞅瞅：“你还想挨打？”

他憨憨地笑：“妹子……”

“做啥？”

“有水吗？我渴了。”他想进了房子再说。

她迟疑了一下，扭身去倒水。

他悄没声地溜进去，却被端着一碗水的妹子撵了出来。他觉得额头发烫，一摸，满掌湿腻，汗珠簌簌落下。他接过碗喝了几口，汗水就更多了。他用手指抓住袖口，抬胳膊就擦，见她一声不响地递过一条手巾来。他接住，仔细看看，忘了擦汗，傻乎乎地又叫一声：

“妹子……”

“做啥？”她刁过碗去，恼恼地瞪他一眼，扭身进房，拿出两个白蒸馍，像打发乞丐那样塞给他，“带回去吃吧！”

他明白她不希望他走进这间暖烘烘的房子，便瞅她的眼睛，看那里面还有没有别的内容，或暗示或遗憾或默默相许的神情。没有，什么也没有，空空洞洞的，带着原野的明朗和开阔。

“快走吧！不走你会着祸的。”她说，“女人不值钱，挖金子要紧呐！”

“你是我的，再不值钱也是我的。”

“我有男人。”她说罢，轻叹一声，回身轻轻关上了门。

谷仓哥哥失魂落魄地站着，发现那素花手巾还攥在自己手里，忙伸展指头，生怕满手的油汗污脏了它。他捂到脸上闻闻，香喷喷的温馨扑鼻贯肺，和他想象中的驴妹子的胸脯一个味儿。他闻着，禁不住过去推开门，探头朝里瞅。他太专注了，没觉察任何异样的变化，就被人从身后一把推进门槛，又搡倒在地。有人摁住了他，接着，又有人扔过一床棉被来，须臾将他蒙住。他要掀掉，可被子四角像被什么铆合了，怎么也掀不动。

“谁？”他惊问一声，却听有个低沉沙哑的声音像从墙壁中挤出来那样问他：“谷仓人，想死还是想活？”

他觉得胸腔憋闷，只想吐气不敢多嘴。那声音继续说下去：

“想活就挺着，想死就跳起来，棒子就在头顶，跳得越猛越好。”

他害怕得头发竖起，心脏猛烈地朝喉咙窜来，大吼一声，掀掉了被子也掀掉了压在身上的那个人。他站起来就跑，没跑两步就被一个软乎乎的东西绊住了，一个马趴扑倒在地，那伤口正在愈合的残手恰好压到自己的肋骨下面，疼得他粗嚎一声。

他又被蒙住了。他听到了一声妹子的惊叫，好像她又因为他挨了打，又好像她在用叫声哀求那些来堵截他的人别对他太残忍。他昏昏沉沉地趴在地上，仿佛是一块无生命的石头，孤零零地被时间和万物遗落在了阳光投射不到的死角，再也无法回到人世间了。

“谷仓人，要想活，就拿金子来换命。”

他听到这声音是张不三的，便什么也不想说，什么也不想做，好像自己必死无疑。

这时他听到妹子在说话：

“他没有金子，他的金子叫人抢了，我亲眼见的。”

被子掀掉了，张不三将他拽起来，吼着问他：“抢了？谁？说呀！我是讲信用的，只要你说出来，你就能活。”

一声巨响，张不三身边的石满堂将一根桦木棒敲到一条长凳子上。凳子顿时劈裂了。谷仓哥哥浑身一抖，喊道：“放开我！”

张不三松开手。而石满堂却将大棒举了起来，随时准备砸下去。谷仓哥哥看看大棒，又看看急切地瞪着他的驴妹子，悲愤地低下头去。

“说呀！抢你金子的那个人是谁？”驴妹子几乎是哀求着问他。这声音使谷仓哥哥再也坚强不起来了，凄凉地说：

“放了我，我把金子从周立通那里要过来。”

话音刚落，石满堂手中的大棒就落了下来。谷仓哥哥觉得眼前一片黑暗，摇摇晃晃地趴倒在地。接着又是一阵拳打脚踢。他昏过去了。张不三让人把他拖到门外，又拖进杉木林，将他的衣服扒去后用绳子倒吊了起来。他们想起了连喜，连喜是怎样死的，谷仓人的金掌柜就应该怎样死。之后，他们急匆匆朝黄金台赶去。忙乱中，他们忽视了一个重要问题：只要有人，就会有善良存在。驴妹子是善良的。他们刚刚离开，她就一头钻进了杉木林。

黎明，谷仓人簇拥在台坡上，惊怪地议论着一夜之间别的淘金汉悄然失踪的事情。周立通也不见了，李长久自告奋勇，带着几个人去寻找。在离黄金台一里许的地方，他们发现了周立通的尸体。他们断定周立通是被淘金汉们打死的，至于为什么会死，就用不着去探究了。大概是他说错了话或者放错了屁，惹人家生了气。那么多人，乱哄哄的，又都是些因为没挖到金子而变得格外恼怒的莽汉，打死一个人如同扬一把尘土，谁也不在乎。他们就地埋葬了周立通，回到了黄金台上。就在这时，围子人出现了。

当围子人绕过谷仓人的视线，从黄金台南侧冒出来时，谷仓人下意识的举动便是操起家伙，朝黄金台顶端奔跑过去。凸凹不平的台顶上几百人层层叠叠地站了好几排，最前面的是壮汉，中间是年事稍高的，后面便是那些嘴上无毛的半大小子。他们端着铁锨、镢头和木棒，一致对外。围子人吆喝着密密麻麻爬上来，以为用这种喊炸了肺腑的声音便能把谷仓人吓得晕晕乎乎跑开去，可没想到对方会反扑过来。

厮斗开始了。衣服被撕裂着，血肉四下飞溅，喊声和惨叫混合在一起，死亡的黑影紧随在每个人身后。一会儿，围子人流水般溃退下来，一直退到台坡上督战的张不三周围。张不三冷酷地望着他们，将自己手中的铁锨朝地下墩墩。他没料到这次攻占会失败，根据他的设想，谷仓哥哥被堵在驴妹子那里后，这些失去了金掌柜的谷仓人将不再可能聚拢到一起进行猛烈的反抗。他脸上有了耻辱的标记和克制杀性的肌肉的痉挛，大声吆喝着，准备组织第二次进攻。

宰羊了宰羊了，
打狗宰羊了；
撵雀儿撵雀儿，
撵到你阿妈的怀里了。

喊声再次爆发，围子人杀气腾腾地扑上去。结果和上次一样，他们纷纷退了下来。但张不三的目的达到了，他派定的石满堂和几个结实汉子将两个谷仓人顺滑坡拖离了谷仓人众，可又不马上拖下来。谷仓人分出一拨来扑过去营救。而这时围子人在张不三的带领下又一拥而上，铁锨的寒光带着嗡嗡的声响诡异地闪射。谷仓人就要冲下去搏斗，咚一声，一颗人头凌空落到脚前，接着又是一颗，血花飞起来溅到他们脸上。人头是石满堂掷过来的——被拖走的那两个谷仓人并没有等来同伴的营救。人头落地就意味着对其他人的警告，谷仓人顿时有些怯场，稍一迟疑，对方的铁锨就已经飞到了眼前。李长久将头一缩，首先朝后退去，惊慌中没忘了用手死死捂住自己的棉衣前胸，似乎围子人是冲他身上这块金子来的。有一个人败走，就会有许多人跟上，谷仓人你推我搡地挤成一团，节节败退。等他们大喘粗气，停下来抚摸身上脸上的伤痕时，发现自己已经退到了台坡上。他们惊骇无主地四下张望，寻觅着退路也寻觅着希望，可他们寻觅到的却是自己的金掌柜。

谷仓哥哥出现了。他从台下爬来，吃力地翘起头，咬扁了牙默默注视自己的伙计们。谷仓人呆子一样僵立着，用眼光扫尽了他身上的每一块地方：裸露的血淋淋的皮肉，脸上布满了青肿的伤痕，干旱的眼睛，湿润的下巴，满嘴的唾液和血沫一摊一摊流出来。

李长久首先明白过来，跑过去扶他。于是别的人也动荡起来，上前围住了自己的金掌柜。他们将谷仓哥哥扶过来，打算重新直面这场搏战。这时，台顶上的围子人开始移动，移动得让谷仓人莫名其妙。等到他们在谷仓哥哥的呻吟中突然醒悟：自己已经失败，必须马上离开这里时，一阵轰鸣声从台坡那边传来。一会儿，随着李长久的一声怪叫，谷仓人看到，四辆手扶拖拉机露头了，顺着土坡迅疾滚动，飞转的轮胎打起无数土浪土花，轰轰隆隆碾过来，转眼就横冲到眼前。谷仓人哗地散开，让出一条狭道。但是，由宋进城驾驶的为首那辆拖拉机并没有按狭道直走，机头朝右一歪，又猛地一窜，就将一个谷仓人撞倒在地。人们开始后退，退了几步便扭转身子抬着谷仓哥哥撒腿奔走。宋进城愈发精神抖擞，劈腿立在机座上，用身子压住因地势不平而颠簸不已的机头，突突突加快了速度。

这时，另外三辆手扶拖拉机也开过来了。荒凉阒寂的原野上，四辆比装甲车还要骄傲十倍的拖拉机，带着阵阵尘烟朝人群追杀过去。士气正旺的围子人就跟在拖拉机后面，奔腾着用痛快酣畅的吼叫，赞美这种残酷而诱人的暴力的挥发。追撵速度最快的是张不三。他提着一把铁锨，和手扶拖拉机处在同一条进攻线上。一眨眼工夫，他就用铁锨拍倒了一个人。他上前一脚踩住那人的胸脯，扫一眼不远处奔逃的谷仓人，吼道："快说，周立通是哪一个？"

那人躺在地上，突然号叫起来："大哥，别弄死我。我有金子，大金子。"

张不三打了个愣怔，见那人从棉衣胸兜里真的摸出一块大金子来，弯腰一把攥住，又厉声问他："金子是哪来的？"他怀疑谷仓人还有不少大金子。

"周立通的。我把他杀了。他用大棒敲死了你们的人，我就把他杀了。"

张不三后退一步，兴奋地立了片刻。突然，他腾地跪倒在地，仰望天空，在心里大声说：老天，老天，你这是成全我。我撵他的时候，咋会知道他身上就有金子呢？他想起了那只象征好运的红狐狸，瞪视远方，希望再次看到它的身影。远方是雾，笼罩着一切。他收回眼光，发现那人正准备逃走，便一锨拍过去，正好拍在对方屁股上。那人趴下，再也不敢动了。

"滚开！你张爷爷喜欢金子不喜欢命。"

张不三快快返回，边走边将那块金子放进了自己的棉衣夹层。

谷仓人退了，浩博的古金场爹开荒诞而豪迈的命运之手，又让他们的四个伙计惨死在了土法上马的装甲车下。但命运的偏袒总是有限的，它给围子人馈赠了胜利，也让他们付出了代价。被自己的勇武和谷仓人的惊慌失措所欺骗，一个试图逞能的青面汉子超过了宋进城，驾驶手扶拖拉机横冲直撞得太远了。当张不三鸣金收兵——用石头敲响一口破铁锅时，青面汉子并没有听到，而别人以为他在那里原地打转是想踅回大本营。围子人开始往回走，风尘弥漫处，只有他还在那里勾留。他骂老天爷，说要是没有这个突然裂开的地隙陷住轮胎，他这会早就从谷仓哥哥身上压过去了。也许老天爷是不该骂的，骂声未已，几个谷仓人便回身反扑了过来。人没停稳而镐头先到，只听嗡一声，他就什么也不知道了。接着他的身子和拖拉机同时发出了皮开肉绽的声音。

苍天死沉沉的，一片洪荒景象。已经不再有人的哭声了。面对破碎的尸首，面对氤氲不散的血腥味，悲伤已被粉碎，痛苦显得矫情而多余。只有无言的沉郁酿造着新的搏杀、新的恐怖和死亡。

第六章 通地坑

又要祭祀了，祭天祭佛祭神祭鬼祭祖灵，淘金汉的一生是要在这种无休无止、提心吊胆的祭祀中度过的。因为他们与恐怖同在，他们那诚惶诚恐的敬畏哀求，证明他们是一群最能交通神明、亲近鬼魅的人。

当然，张不三还有更为直接的目的，那就是通过祭祀，凭借祖灵神魅的统治，让这几百口子心甘情愿拧成一股绳，跟着他上天入地抱得金疙瘩。人之生不能无群，结群又要无争，又要形成众星捧月的局面。谷仓人的溃败也许就在于他们违背了这个常理。而违背常理的还有往古时代那场发生在唐古特古金场的群体分裂，骨肉相煎的厮杀。正是由于这场厮杀，才导致了今天张不三不顾一切地拼死争夺黄金台的行动。

在那个遥远的泛滥着神话的年代，古金场充满了金色的诱惑，七块大地赐予的浑朴的金疙瘩如同玉玺，成了部落权势的象征，谁得到它谁就可以成为唐古特之王。这样，那七块金疙瘩也就变作同仇敌忾的战争之源了。唐古特部落的酋长死后，他的大儿子贡郎继承了金疙瘩，三儿子不服，拉起人马争抢。从冬天到冬天，战伐一直在进行。后来，贡郎的兄弟哲昊尔杀了贡郎，可金疙瘩已不在贡郎营帐中了。贡郎的妻子经不住哲昊尔的诱逼，说出了那个埋藏金疙瘩的旱魃出没的通地坑。正是隆冬，哲昊尔率部众去坑沿上探视，见深坑已被黄土夯实，便下令掏尽黄土，让金疙瘩重见天日。通地坑直径约有十米，坑有多深无人知晓。一直挖到来年三月，人们才看到坑底出现了三块青石，呈品字形摆置。按贡郎妻子的说法，这金疙瘩便在这三块石头中间的夹缝里。就在人们准备揭去石块的一刹那，积灵河的水突然从上游涌起，沿着那条天造地设的沟壑奔腾而来，泥沙俱下，将通地坑灌了个满满当当。十来个盘桓坑底、准备撬起青石的部卒都做了无常鬼的战利品。深坑所在的那座高台也就被人称为黄金台了。以后又有人挖过，最有声势的便是清末和硕特蒙古的后裔乌兰哈达王爷倾家荡产的那次。至今，乌兰哈达的英雄壮举还残留在许多人的口头上——乌兰哈达王爷嘛，一世贵人，半个神仙。积灵河的水流多远，他的领地就有多远，名声就有多远。他要挖金疙瘩，从四方招来民工，管你吃喝，外加十串麻钱的月饷。金疙瘩现世后，每个民工还有一百两银子的赏钱。光光头儿照太阳，跟着闪光了。几百条虎虎势势的汉子干了三个月，柳树开花没结果，和前几次一样，青石一见，河水便来，夹石带泥直灌通地坑。这耗尽了家产的苦命王爷哭天喊地，骂人怨神，眼泪没断线气息儿早没了。

古夜茫茫，今夜茫茫。古金场越来越开阔。峭然孤出的黄金台也越升越高，越长越胖，像是有什么东西在里面不住地用力撑着，撑大了身躯，撑出了神圣，撑出了悲凉。老天爷的秘密永远是秘而不宣的，黄金台就是机密的象征。然而，对淘金汉们来讲，一切都已经不复存在，古金场的风风雨雨留下来的只是“青石见，大水来”的神秘和恐怖，这恐怖使他们早已失去了探索机密的勇气。他们否认着历史，以为那不过是个传说中的故事，而故事是人人都会编的。随着时间的流逝，更多的人甚至连这个故事也忘记了。可张不三却牢牢记在心里，并且相信那是真的。这不仅是由于他的祖父曾经跟乌兰哈达王爷挖掘过通地坑，也不仅是由于父亲曾有遗愿，更主要的是他那把苦难的生活和浪漫的冒险画了等号的天性。

祭祀刚刚结束，张不三就根据土石的不同和那条沟壑所指引的方向，确定了通地坑的位置。之后，一连三天，他都带着人在正对积灵河的地方垒坝造堰。一旦真有大水漫漶而来，也不会灌进通地坑，给生命造成危险。更重要的是垒坝可以安定人心。

黄昏坝成，开饭了。人们坐在石窑前，张嘴瞪眼地往肚里吸溜清汤面片，谁也不说话。那口黑色的大铁锅被几十双眼盯得越来越小，锅中的汤面也越来越少。人人变成哑巴的原因很简单：你多说一句，他就多吃一口。只有张不三不屑于这种小家子气的争汤吃面，尽管他对自己那痊愈了的饥饿劳困症记忆犹新。一碗下肚，他就琢磨起劳力搭配的事来。要在腊月前挖到那三块青石上，就得不分昼夜三班倒，要使班与班之间不为挖多挖少互相争吵和防止班内滋生纠纷，必须把劳力按关系和强弱搭配均匀。他进窑靠到自己的铺盖上，从被子里摸出一个本子和一支油笔，绞尽脑汁，罗织出一个名单来。高家和殷家反目，赵家和郭家龃龉，程家兄弟针锋相对，熊家叔伯素有芥蒂，姜大六亲不认，宋进城爱耍小聪明。王仁厚呢？谁都嫌他生性木讷，除了做庄稼活，别的事情上，是个放屁还要打草稿的窝里窝囊的大肉头。光那脾气暴躁性子急的石满堂就在三个班中颠来倒去了七八次。终于安排妥当了，他来到窑外，看大家刚刚放下碗，还没从哑巴境界中摆脱出来，便将名单念了一遍。人人都在琢磨别人，都在急速权衡自己的位置，不把本班所有人对自己的好坏冷暖揣摩透彻，他们是不会轻易表态的。

“有没有意见？没有啊，那就这样定了。”

张不三想来个白菜生吃、老肉快煮的办法，料不到竟是木讷人王仁厚破坏了他的愚民政策。

“我不去石满堂那个班。瓦碴揩屁股，我和他没茬茬。”

人不嫌他就算运气，他还戳三捣四地说人哩。张不三恶狠狠瞪他：“那你说，你想在哪个班？”

“宋进城的那个。”

“不要，我们不要。”宋进城道。

“那我去一班。”王仁厚满脸通红，不知是气的，还是臊的。

“鸭子走路一摇三摆，炖了，没火；养着，我们的血汗养不起。”有人马上反对。

王仁厚一副可怜相，佝偻着身子蹲到地上，咕哝一声：“没人要我，我就走。”

素来对王仁厚看不顺眼的石满堂听他说要走，便数头数脚地骂起来：“你这个畜生，只知道一杆老秤十六两，现钟不打要去捡破铜，让你发财，还得捧着求着小声大气地哄着吗？要走就走，快走，别以为少了你事情就办不成。”他骂着不过瘾，捋起袖子上前就打。人多手杂，一时间将他拉住了。

张不三暗自叹息，开店容易守店难，一上手就碰上人家朝你撒尿，不治治他们，往后闻了屎臭，还要说是馍馍香哩。

“石满堂，你欺负人也得顾顾我的面子。这一伙人是短是长都是我请来的，你打走一个，我让你全家冰清水冷一辈子。”

王仁厚得势了，瞪眼朝石满堂哼一声。石满堂马上做出一副激怒状，又要扑向王仁厚。

“仁厚，站起来！你也有手有脚有气血，我看看他能把你打死。”

张不三吼道，可他没想到醉酒人越扶越醉。王仁厚慢腾腾站起，低头勾脑，带着一鼻腔呼哧呼哧的闷气，朝台下晃悠悠走去。

“回来！”宋进城喊一声。

王仁厚回头，苦笑着弯了一个腰：“我不想叫人打死。”说罢又要走。宋进城跳过去，将他拉住了。

真拳不打躬腰人。石满堂的火气也化成了叹息。张不三瞪他一眼，突然笑了：“满堂，你有本事你就打，打得只剩下我们两个人，几十斤重的金疙瘩对半分。”

“撵我走你就直说，我可不是那号死拉着旁人的裤腿奔光景的人。”石满堂道。

“你走？别人离得，你离不得，野猫儿不逮家老鼠，自有大用场。我们围子人就缺个你这样的金掌柜。”

“你这不是糟蹋我吗？”

“就算是糟蹋，你也得忍着。我当正的，你当副的。”

所有人都呆了。最先反应过来的是宋进城："好！这个决定我拥护，别人也拥护。大家说，是不是？"

人群中出现了一阵七零八落的"嗯啊"声，但很难说这就是应诺。石满堂洞悉其妙，使劲摇头。张不三恼了，一拳擂到他胸脯上："你滚！马上就滚！我看错了人！"

"掌柜的，你这是抱着母鸡当凤凰。"

"我说是凤凰就是凤凰。"

石满堂沉默了一会，突然扬起头："那好，我听你的。"他又望望三丛四簇的人众，心一横，牙一咬，大声道："要我干，我就得有我的章法。丑话说在前，想散伙的现在就散，明儿动土，谁敢捣蛋，有娘的我拐走他娘，有媳妇的我拉跑他媳妇，啥也没有的，我打断他的肋巴骨。"

张不三笑盈盈地说："我怕这伙人轮不到你欺负。"他又转向大家，"你们也不要害怕他姓石的。他要无故打人，我亲自问罪，绑起来叫大家剜肉。不过，你们也要小心点，别叫他抓住把柄。看大家还有啥问题？没有了？好！进窑睡觉。"

明知乐极生悲是个颠扑不破的真理，张不三还是对着石满堂着实笑了几声。古金场深秋的冷凉空气中，笑声也是带着寒意的。

"明儿放假，下午烙馍馍包饺子，来顿干的。"

"放不得。庄稼人贱脾气，越惯越懒，越放越散。"石满堂用黑手抹着脸上的汗水，表达着符合他副掌柜身份的意见。

张不三摇头，显出一副比对方老辣深沉的模样："冒出来的泉水儿把土堵不住，但要不堵，三天两后晌就会冒光。"

十天下来，通地坑下挖的速度比张不三预料的几乎快了一倍。每天，虽然他不会跟一个班干满八个小时，但班班都得去泡上一会儿，加上一些琐碎事情的纠缠和时时要提防谷仓人的偷袭，时间被肢解了，他只能刁空休息。幸亏有石满堂这样一个占理不让人的助手，这帮人中还没有发生过那种钉头碰钉头，叮叮当当不可开交的矛盾，省了他不少精力。张不三没有把石满堂算成班内的劳力，只让他和自己岔开，每班都去干上三四个钟头。这种安排一方面发挥了石满堂督促别人加油干的作用，一方面增强了他的自豪感和对张不三的义胆忠心。石满堂从未管束过别人，这次得到器重，那受宠若惊的使命感使他显得比老天爷还要负责。“三班比二班多挖了整整两尺。”“狗日的王仁厚耍奸溜滑不出力，我给了他一脖梗(用巴掌扇后颈)。”每次回到地面，石满堂总要向张不三喘喘吁吁地汇报，其实是卖弄他起到了一个监工的作用。张不三当然不会放过每一个表扬他的机会，南墙根里的葱，全靠壅。班班都在比赛，下一班一定会比上一班挖得多，哪怕多半尺，不然就会赖在下面不交班。和出坑的土石一样，人也是被麻绳吊上吊下的。麻绳通过支架上的滑轮受人控制，比起历史上那几次掏坑挖金来，当然是既省力又有时效。人的热情加上炸药的威力，大坑已有四丈多深了，而疲倦和忧急也同样深深地钻进了人们的躯壳。古金场的地层里那股激动的潜流，也就在这个时候从坑底汹涌而出。

正在向休息的人们通知明天放假的张不三被宋进城拽到坑沿上，还没站稳，就让人用麻绳拦腰缠了一圈。几分钟后，张不三的双腿重重地插进了水中，水浪四溅，稀里哗啦的。那水已经回旋着没过了膝盖，更可怕的是坑壁四周冲刷出了几个洞穴。失去了支撑的坑壁随时都有可能崩塌。而石满堂却得意地望着张不三，为自己能够镇守坑底，没让大家逃向地面而自豪呢。

“真的不要命了？”

石满堂没听准张不三的口气，嘿嘿一笑：“能捧到金疙瘩，死也值。”

“掌柜的，命是盐换的，一人只有一条，死不起哟！”

张不三扫一眼满脸凄哀的王仁厚，冲石满堂吼一声：“快上！”说着，他解开了自己身上那根麻绳。

八九个人忽地围过去，你抢我夺地挤成一堆。石满堂上前，死命地拽过绳子来：

“谁也不准上！掌柜的，轿到门前马撒尿，你不能惯坏了他们。”

张不三伸手夺绳子，却被石满堂一把推到坑壁上。哗啦哗啦，浸湿的泥土朝坑水落去。波纹鼓荡着，急促地拍向四周。张不三感到水面在倾斜，通地坑在倾斜，整个地球都在倾斜。

“满堂，听我的，金子要人挖，人死了，啥都完了。”

这请求出自张不三的口是从来没有过的。石满堂愣了。王仁厚扑过去，将麻绳三下两下拴在自己身上，朝上面猛叫：“拉！快拉！”

半个钟头过去了，坑内积水越来越多，大块大块的泥土滑下来，砸出一阵阵惊心动魄的激响。冲刷出的洞穴如同地狱之门，威赫赫、阴森森地洞开着。别的人都已被吊了上去，坑底只剩下张不三和石满堂。

“满堂！谁先上？”

张不三拽过绳子来就往自己身上缠：“挖金子没有我不成……”

“没有我也不成！”石满堂大吼，却没有抢绳子。

“你万一出了事……”

“少给我念咒，上！”

石满堂狠推他一把。张不三朝下拉拉绳子，便倏地被拽离了水面。石满堂翘起下巴朝上看，忽又勾下头去。晦暗的坑底寒气扑来荡去，浸湿的土石又一次落下，水浪使劲推搡着他，像是魔鬼要将他押送阎王殿似的。积水已经没过腰际了。随着一个冷战，他双手捂脸，颓然歪倒在水中，头迅速被淹没。他咕了几口水又挣扎着站起，觉得自己该死了。

石满堂没有死。但当他被吊出地面抬进石窑时，那张脸苍白得比死人的还要难看。他眼闭着，喜怒哀乐全部逸去。好一会儿，那双眼才渗漏出两股绝望的白光，在张不三身上滞留不去，僵硬的嘴巴也慢慢张开了：

“看不得，看不得……鬼！我看见鬼了。红的黑的绿的白的，在坑底水洞里……”

张不三连忙用手捂住他的嘴，四下看看，见窑内没有别人，厉声道：“不准胡说！”

“掌柜的，我一个大男人，哄你做啥？信不信由你。”

“我不信。”

张不三来到窑外时，人们大多瘫坐在地，叹的叹，喘的喘，好像挖金疙瘩的事儿已经由地下水宣布结束。人们的精神溃败起来如山倒，刹那间就变得不可收拾，恼怒得张不三恨不得一口气将他们吹起来，吹出一个龙腾虎跃的场面。他双手叉腰，拿出一副天地不怕的气派：

“挖金子就像种庄稼，只愁不种，不愁不长。”

一声粗闷的哀叹打断了他的话。他在人堆里搜寻，却见宋进城长长地打了个哈欠，懒洋洋道：

“治不住水，好话说上一万遍也是多余的，话不饱肚不解渴，更不能拿它挖土铲石。”

张不三气得瞪凸了眼睛，攥起拳头吼道：“过来！”

大概宋进城是愿意挨打的，居然稳稳当当走了过去。

“你说我的话是多余的？你盼大家散伙？”

“要是用胶泥也堵不住水，不散还有啥办法哩！”

“胶泥？”张不三愣了，明白对方又在卖弄聪明，抡起胳膊，一拳打出了宋进城的几声尖叫。但在心里他是很感激宋进城的。

胶泥有黑白两种，黑胶泥是湿胶，白胶泥是干胶。一黑一白分别堆积在积灵河床里和河岸上。显然这是被河水从积灵山深处冲下来的，年经日久，越积越厚。淘金汉们虽然早就理解了它的用途，比如盘锅垒灶，比如在淘洗沙金的水坑里固定龙骨金床，但谁也不清楚它为什么会和水泥具有同样的性质。

围子人开着拖拉机将胶泥运来了，再用灌木韧条捆扎成许多胶泥块，塞进坑底的洞穴，既能够支撑坑壁，又可以挡住流动的泥沙。这工作是当过几天泥瓦匠的宋进城带人完成的。危险越大，张不三就越觉得自己有保全性命的必要。不到撬开青石见真金的最后一刻，他不想冒死亡的危险。

更加苦累的挖掘又开始了。坑底还有地下水不断渗出，过去是挖掘干沙干土，现在每往上吊一桶都是水泥参半。而且人的双腿长久泡在稀泥浆里，皮冷骨寒关节疼，咬牙鼓腮地干活，心有余而力不足。有人开始装病，有人真的病了。石满堂希望自己昏沉沉挺在石窑里，有朝一日翻身起来，就见金疙瘩辉映于世，自己摸啊摸，先沾上一手金粉再瓜分。无论真病还是装病，躺倒的人都切盼着自己能被张不三开除。可是，他们一连躺了四天，也不见张不三发话，甚至连他的丝丝恼怒也看不着。真病人，假病人，每天照例要得到张不三的三次问候，还不算饭间的好言安慰。一日三顿，至少有两顿，张不三要亲自把饭端给他们。有几个人害怕了。在这种盛情挽留下，他们知道总有一天自己会被感动，然后心甘情愿地再被人吊下坑去。可一想那冰冷的水和沉重的镐头，他们就会感到一种死灭的召唤，还有那铁锨碰石头的瘆人的嗞嗞声，更是世界上最难听的来自地狱的声音。在一个没有月亮窥视只有黑风劲吹的晚上，有三个人装做起夜，丢下铺盖，神鬼不知地跑下了黄金台。

天亮了，首先觉察逃跑行迹的是石满堂。他摇摇晃晃走出石窑，去给刚刚爬出坑口的张不三报信，却被张不三拉起来就走，一直拉到黄金台下的背人处。半个钟头后，台下便传来石满堂的惨叫。除了坑下和坑沿上劳动的几十个人外，别的人都簇拥到了那里。石满堂已经被绑了起来，衣服撕破了，胸脯上有道道血痕。张不三盯着大家，高声说道：

“日奶奶的！他想跑，你们说我打得对不对？”

人们恐怖地瞪着张不三，一声不吭。

“犯了戒条，别说是石满堂，就是天王老子我也要收拾。”说着，他又举起手中的树枝，在石满堂背上狠抽两下。

“这杂种也有报应了。打！打死他！”人群中王仁厚突然记起石满堂平日的残暴和自己挨打的屈辱来，大声助威。

“对！拿嘴骗舌头，打死也是自找的。”又有人道。

“打死？便宜了他。来两个人，把他抬到窑里圈起来。”张不三说罢，气狠狠朝回走。宋进城赶紧跟上：

“掌柜的，看不出你武艺高超力气大，牛高马大的石满堂叫你一个人绑成了死猪。啧啧，我服了。”

张不三得意地狞笑，突然一愣，打心里涌出一股忌恨来：“我的心眼装在你身上。你要败我的事，我迟早会收拾你。”

宋进城笑笑：“我敢吗？做梦也在替你着想。”

张不三哼一声，走了。除了宋进城，还没有第二个人识破这苦肉计。而对石满堂来说，这也算是一次盐末换砂糖的交易，挨一顿打，免了日后下坑去和鬼魂打交道的苦役。虽然他是张不三最得力的支持者，但毕竟是人，是人就怕炼狱的煎熬。他已经被煎熬过一次了，人在世上，灵魂却在鬼域中战栗。他不想再有那种战栗。

挖掘依旧在进行。但那由张不三点燃起来的物欲和煽动出的热情，随着气候的渐趋寒冷和挖掘的日益艰难，正在迅速消散着。天冷，地冻，人萎缩。人心与人心的碰撞已不是由于比赛速度和深度了。第一班掘深了一尺，第二班接班时一看，便嚷道：“没偷懒才怪哩！我们挖够两尺就上去。”第三班呢？有心要挖一尺五，可由于劲力不足，心神不定，只掘深了一尺。于是，一种比赛谁比谁更有惰性的恶性循环开始了。无计可施的张不三只好采取班班跟到底的办法。不仅如此，在坑底，他还得下死力气干活。冰凉的水盖在他的脚面上，随着他举镐刨挖的动作，水漫上他的小腿。脚掌实在冰冷难耐时，他就双膝着地跪着干活。跪跪站站，那镐头倒也听话，泥沙疏松，石头翻滚，逼得那几个使锹的人不得消停。吊桶不间断地朝上输送着，每一班的挖掘速度又加快了。然而，他那强健的血肉之躯只让他坚持了两个循环，也就是说，除了吃饭、解手，他连续干了六个班，便累倒在坑底水洼里。人们把他吊出坑沿，又抬他来到石窑。他眯着眼寻找石满堂：

“满堂，就再帮我一次吧！这几日你也休息够了，下去领着大家干一阵，好歹别停下。我要睡一觉。”

“唉！癞蛤蟆垫桌腿，鼓起来的劲长不了，我恐怕再也拢不住大家了。”

石窑深处突然一阵响动。轮到休息的宋进城从地铺上爬起，走过来，朝张不三撇撇嘴：“不是我说满堂，他是个没多大辣气的糠萝卜了。依我看……”他突然低下头，嘿嘿笑起来。

“说呀！”张不三催促道。

宋进城一拍胸脯：“我当副掌柜的。”

张不三摇头：“你就是星星也是西瓜大的，年岁太轻。”

“我就不信这帮懒货不听我的话，我自有办法。”

张不三等着他说下去，却见他紧抿了嘴唇，便急躁地挥挥手：“成成成！你想当你就当，挖多挖少事小，千万不能散伙。”说罢，他头一歪，闭上了眼睛，心里说，瞌睡，瞌睡，就像魔鬼。

在那些男人们应该回来的日子里他们没有回来。围子村的女人们像口袋里倒出来的豌豆四处乱滚。凶多吉少的感觉使她们一刻也不能安宁地互相串门，从早到晚都是她们叽叽喳喳的议论。她们就只有这点本事了，猜测、祈祷，寻找别人的安慰，然后进入多梦的睡眠。王仁厚的媳妇却比别人有胆有识，她也在议论和猜测，但很快就觉得这是一种毫无用处的做法，猜测越多，就越让人感到心惊肉跳。惶惶不可终日的光景简直没法过下去。她对她们说："我们一起去金场看看，这些忘了女人丢了家的浪荡汉们到底在干啥。"没有人敢于附和，只是说："要去你去，我家的男人死不了。"难道我家的男人就一定要死？仁厚媳妇心里咯噔一下，没好气地瞪她们一眼，心想，别张狂得太早了，谁家的男人做了鬼还说不一定哩。她把别人的话误解成了对自己的诅咒，而当她夜里做了个梦，梦见有一伙面目不清的男人回到围子村，村前村后地转了一圈又溘然逸去了时，就再也按捺不住了。她认定自己梦见的便是亡人的阴魂。阴魂来向亲人告别，不吐姓名不露面孔，到底是谁家的男人？但一定不是仁厚，仁厚做人做鬼，回到围子村就要进家门。她极力回想梦中的情形，断定那些男人没有一个走进她家的门。可隐隐约约又记得有一个人在她家门口站了一会。莫不是他想见她？围子村的男人中间，想见她的除了仁厚还有谁？她越想越邪乎，越想越觉得那人的面孔真真切切就是仁厚的。她心慌意乱，坐卧不宁，找出一个布包装满了干粮，拎起来就要上路，一想到自己是个女人，便又泄气了。这样重复了几次之后，出走的决心终于压倒了一切顾虑。

一个秋霜染白了农田村庄的黎明，料峭的寒风刮过天空，刮得她那颗为男人而跳的心高高地蹿起！她来到了县城，在那里打听了一番，知道每两天有一趟班车开往唐古特大峡外，峡外有一片村落。她身上带着家中仅有的七元钱，花五元五角钱买了张站票，颠颠簸簸来到峡外，钻进人家的马圈过了一夜，第二天便朝唐古特大峡走去。当她出现在古金场的积灵川时已是四天后的一个中午了。

对没有闯过金场的人来说，什么时候古金场都是一片沉寂，似乎它永远在酣睡之中。太阳滚过中天，满天浑黄，满眼迷离。阳光铺下来，再铺下来，永远地铺着。仁厚媳妇发现，和世界上所有地方的中午一样，太阳是圆的，悬在头顶，而且略略发烫。但她还是有了一种异样的感觉，似乎天上的阳光和地中的金光交相辉映着，把空气变得有形有色有棱有角有味可嗅了，只要愿意，一伸手就可以满把攥住了质感坚硬的光波。她真的伸出了手，使劲攥了一下，指尖硌着手掌，有点痛，但她心里很舒适，到底是古金场，连空气都能硌手。她看到了几个女人，以为她们也和自己一样是来看望丈夫的(她忘了自己是来寻找而不是来看望的)，精神上便宽松了许多。她想她们既然能够安然无恙地待下去，自己刚一踏进古金场时那种恐惧惊慌、孤立无援的感觉就显得多余了。遗憾的是，当她上前和她们搭话并打听围子人的去向时，她们异常冷淡，说根本没有一个自称是围子人的淘金汉来找过她们。

“他们有自己的妹子。”她们把一间破烂不堪的土坯房指给她看。

“谁啊？”

“不知道，她不和我们来往。”

仁厚媳妇已经猜到了，八成是驴妹子住在那里面。她过去，看门上挂着锁，等了一会儿，便怅怅地转身，漫无目的地朝前走去。

“喂！古金场有几万人呢，你要去哪里找？”一个女人冲她喊道。

她停住。

“让她走吧。男人的去处只有水知道。喂！你顺着河水朝下走，说不定就能碰到你要找的人。”另一个女人道。

她朝那边看看，果然看到有一条河，河水清澈得如同一面镜子，微澜鼓荡着，玉色的浪花悄悄溅起，似乎有点害羞，有点不敢打扰人的胆怯。她感激地望望那女人，走近河边洗了一把脸，这才和流水一起朝同一个方向迈步。她想围子村要是有这样一条河，就不愁旱年干月不打粮了。有河就秀气，就水灵，就会叫人不知疲倦，浑身永远清爽。她觉得自己已经不累了，似乎她没有赶长长的路，心里也没有装沉沉的心事。她的男人就在前面不远处，那片嫩生生绿汪汪的林子里不是有男人的身影在晃动吗？她当然不知道那是围子人的仇敌谷仓人。他们也不知道走来的是围子村的女人，只是感到惊异：离开了积灵川，一个女人独自在荒原上行走是很危险的。

"大概是刚来的。"谷仓哥哥对他的伙计们说。

她东看看西望望，脸上的每个部位都流露出兴奋和好奇。谷仓哥哥冲她喊了一声。她倏然止步。

"你去干啥？不要命了？"谷仓哥哥问。

"我来找我的男人。"

"我们都是你男人。"有人浪笑着喊道。

"快回去，在积灵川等着。你男人就会去找你。"谷仓哥哥又道。

"大哥，我男人是围子村的。围子村的人在哪里？"

树林里的人突然哑巴了，互相看看。围子村的女人撞进了他们的淘金地，就等于一块肥肉蹭在了饿兽龇出的利牙上。而仁厚媳妇当是他们没听懂，又把刚才的话重复了一遍。话音刚落，树林里就一阵骚动。几个人走出树林，一脸凶相地瞪视她。她敏感地后退了一步，不禁打了个寒战，看他们恶狠狠地渐渐靠近着自己，便神经质地叫了声"大哥"。

“今儿你大哥不把你浑身日出一百个窟窿来就不是人。”有人咬牙切齿地说，似乎这女人是来承受他们对围子人的全部仇恨的。

仁厚媳妇没再多想，撒腿就跑。那几个人追了几步，便被谷仓哥哥喝住了。

“不要跟一个女人过不去，那不算本事。”

“你有本事，你不是也在勾搭女人吗？”有人小声嘀咕。更多的人则冲着仁厚媳妇远去的背影大声谩骂。骂够了又哈哈大笑，似乎仁厚媳妇的逃跑已经证明，在围子人面前，他们依旧是强悍而伟大的。

仁厚媳妇跑一程走一程，一口气回到积灵川，瘫软到一间土坯房前。有个女人出来，漫不经心地瞥她一眼说：

“咋？遇上强盗了？我说你别去，你偏要去。”

“大姐，找不到我男人，今儿我去哪里过夜？”

那女人不回答，进房待了一会，又出来说：“你要是实在没地方去，我俩就挤一条炕吧。”

仁厚媳妇的眼里顿时闪出许多泪花花。更让她感动的是，女人还管了她一顿晚饭，虽然只是一碗拌汤一个油花(用青稞面做的花卷)，但填饱肚子就是幸福，她已经不知用什么词来赞美这女人的善良和热心了。

她住了下来。可她万万没想到，半夜会有人敲门，会进来三个强壮的淘金汉。他们一见她就吃了一惊，问给他们开门的女人，她是谁。那女人说是个没见过世面的过路人。他们会意地笑了。这时她已经坐起来，披上衣服，用被子将身体裹得紧紧的，双腿在里面微微打战。

“怪不得今儿淘得顺当。”一个长着络腮胡子的人说着走到炕沿前。那女人上前拦住，冲他伸出巴掌。

“放心，会多给你的”。

“多多少？”她问。

络腮胡子回头看看自己的两个同伴。其中一个爹出食指晃了一下。

“不成。别忘了我的好处，以后我还会让你们尝鲜品嫩的。”

“那就再加一个指头。我说了，今儿顺当。”

络腮胡子说着，手伸进棉衣胸口，捞出一个布包，打开，朝那女人的手心里撮了两下。那女人又走向另外两个男人，而络腮胡子却急不可耐地扑向了仁厚媳妇。仁厚媳妇嘶喊一声，接着就是死命挣扎，就是苦苦哀求。另一个男人过来帮忙，摁住她的身子，让络腮胡子扒掉了她的衬裤。一切都是猝不及防的，她想起了丈夫的话：“一到金场，人就不是人了。”可她是人，她不能随便让一个陌生的男人占有。她用牙咬，用头撞，用脚踢。她想跑出去，想掀翻这并不结实的房顶。有几次，她推开了络腮胡子，直起腰，用尖利的喊声让他惊愣了片刻。但接下来便是更加沉重的挤压，男人高大的身躯将她整个覆盖了。等络腮胡子开始造孽时，她已经无力反抗，脑子昏沉沉的，眼泪一股一股地溢出来。他们好像没看见，或者看见了也不在乎，轮换着在她身上肆虐。之后，便又把同样的淫威施加在了那女人身上，不过，她是平静的，如同喝凉水，不喜也不恼。

天亮后，他们走了。那女人也离开了房子。仁厚媳妇爬起来，穿好衣服，蹒跚着来到门外。

“喂！你去哪里？”那女人从杉木林里走出来，怀抱着一小捆柴。仁厚媳妇呆板地望着她。她走过来，把柴扔到门旁，又道：“我给你打听过了，你要找的围子人在黄金台上。掌柜的叫张不三是不？在那，那片云彩下面。”

她望望那片凝滞的阴云，艰难地挪动了步子。

“今黑你还来？”那女人凑到跟前问。

她蓦地回过身去，一巴掌扇到那女人的嘴上。女人捂着嘴，困惑地望她。

她走了。一进古金场，顷刻就失去了女人的贞操，这在她是无法理喻的。古金场，难道是人待的地方？她要去找仁厚，拉上他，一分钟也不停留地离去，哪怕再过一天就会抱上金菩萨呢！仁厚，仁厚，你为啥要来这里？是我逼你来的吗？那我就活该！活该！仁厚，你咋就不知道我会来找你呢？你一个大男人，守不住自己的媳妇，怪你怪你不怪我。

一个女人呻吟在茫茫荒原上，如同清晨拂过地面的微风，连一阵尘土也扬不起来。

第七章 积灵河边

张不三是被一个女人的咳嗽声惊醒的。他睁开眼，望着窑顶龇牙咧嘴的岩石，不明白自己为什么会躺在这里。记忆消逝了，好像他刚刚出世，脑海中只有一种对母亲温馨的下意识留恋。他扭过头去，眯起眼痴望她那桃花一样馥郁芬芳的脸。

“你醒了？”

这声音让他迷惘。我睡了？他问着自己慢腾腾坐起，用手揉揉眼，突然大叫：“你咋来了？”

驴妹子吓了一跳：“宋进城来叫我，说你病了。”

“我病了？扯毬抻蛋哩。我没病，没病！”他四下看看，“伙计们呢？都散了？我的娘，我咋躺倒了呢！”

他吼着就要往外走，驴妹子一把将他拽住。他回头，恶狠狠地甩开她，前走几步，见她被自己甩倒在了铺位上，又过来扶起她。她站稳，想走开，却被他如狼似虎地抱住了。干裂的结着血痂的嘴唇伸过来，在她柔软的散发香味的脸上胡乱涂抹。她觉得就像人在脸上刺绣一样难受。她竭力仰过脖子去，那辫子就一直拖到地下，被她自己的脚后跟踩住了。她当是又有人在背后撕拽头发，猛地推开他，急转身寻觅。没有，什么也没有。等她再回过头来，准备迎受他更加肆无忌惮的拥抱时，他已经不在眼前了。

高原的太阳正在头顶炫耀自己的光彩。沐浴在阳光下的张不三彻底清醒了，可清醒后变得异常明晰了的眼睛，看到的却是一片缀满了土屑的黑乎乎的人头。这些人头都被战战兢兢跪倒在地的双膝支撑着，像流波缓缓散开。

“掌柜的，你就放我们回去吧！”石满堂带头乞求。

“咋了？你们这是咋了？想回？不挖金疙瘩了？老天，金疙瘩就在我们脚下，离眼睛只差一拃了。你们看见了没有？”张不三一时失去了镇静，不知所措地连连发问。“不挖了，我们不挖了。苦太大，我们吃不消了。”又是石满堂的话，引出许多表示同意的点头和呼应来。

“出来时间长了，媳妇一个人守家，我们不放心。”王仁厚道。

“有啥不放心的？怕让野猫子叼了？还是你们想要媳妇了？”

“想，就是想。掌柜的，你不想吗？”

张不三吃惊，说这话的竟是自命不凡的副掌柜宋进城。他气得面呈紫色，脖子上青筋暴跳，却又见宋进城仰着脸在朝他眨眼。这个贼娃子养的，又布下了啥迷魂阵？张不三搜寻到肚肠角落里也琢磨不出个头绪尾端来。

“掌柜的，不让我们散伙，准我们几天假也成。你和驴妹子住石窑守住黄金台，我们满金场转转，看能不能打个野鸡。”宋进城又道。

这话像雷鸣闪电，轰击得张不三茅塞顿开。好一个宋进城，法场上的偷刀贼，胆大得没边没沿了。但张不三是明智的，他已经恼怒不起来了。浑身的肌肉也和他的心一样沮丧得松弛了下去，他再也想不出比宋进城更好的主意了。如果不按照这贼娃子的安排去做，也许挖掘就连一天也维持不下去。他阴沉沉地望着大家，望了好久，才伤感地问道：

“你们不就是想女人了吗？”

没人回答，静静地等待就是一切。

“女人我有！我把我的让给你们！”他猛然吼起来，急转身进窑，又忽地趔回，极深地喘了一口气，语调顿时平和了许多，“其实，这事儿我早就想到了。驴妹子来这里做啥？还不是为了你们！”

人群骚动着，黑色的流波骤然鼓起又迅疾沉陷。一张嘴便是一个急流的喷口，飞溅出阵阵喧哗。后来就平静了。人们那滞涩脏腻的面孔上悄悄绽放着惊愕忧惧的花朵。这神态不知不觉激发着张不三的勇气，使他变得分外得意而张狂。他抢进窑去，拽着驴妹子的胳膊拉她出来：

“要吧，你们要吧，就当我死了。”

他真的紧闭了眼睛，脸上叠起的道道肉浪让人明显感觉到了他的痛苦。驴妹子不知事情深浅，抖抖索索地站在一群跪伏在她面前的男人面前，好一阵惶怵。人们一个接一个地站了起来，小声对小心地互相看看。宋进城叹一声，说：

“掌柜的为了大家，把驴妹子都搭上了。谁再今儿散明儿走地捣蛋，就不是人了，天理不容，一个马趴摔死。谁要来，快举手，我给你们编排好次序。”

没有谁吭声。宋进城只好点名道姓：

“石满堂，你不是说不消肿你干活就没力气吗？咋不举手？”

石满堂浑身一颤，看张不三眯缝起眼盯着他，忙道：“我说了？我那是放屁！”

宋进城诡谲地冲张不三笑笑，又喊道：“不算放屁的那些人，你们举手啊！王仁厚……”

“我？我又不是畜生。”

驴妹子突然明白了，眼泪闪闪烁烁落下来，接着大哭起来，便朝张不三扑去：“畜生！畜生！你把我不当人呐！”

张不三呆然不动，任驴妹子扑扑打打。宋进城匆忙过去，将她拉住，又拖她进窑。张不三看着连连摇头。筷子挑凉粉，滑头对滑头。可他不如宋进城。狗日的，天知道你做了件好事还是坏事。他叹口气，回避着众人的眼光，边迈步边哼唧道：

“谁要来就来啊！我给你们发通行证了。散伙不散伙你们看着办，只要良心过得去，你们就由着性子来。”

“掌柜的，当真？”

这声音拽住了他。他回身狠狠地点了点头。

“那今黑夜驴妹子就是我的了。”

他又点头，撩起眼皮朝前瞄了一会，才从人群中看清这个贼心加贼胆的人竟是刚说过不愿当畜生的王仁厚。

“豁出去了。反正不定哪天就会死在坑底，不来亏得慌。”王仁厚自语着给自己鼓劲打气，却见石满堂一蹦子跳到张不三跟前说：

“你真的同意？”

张不三看他脸上肌肉打战，眼冒凶光，顿时来了精神：“关你屁事！卖萝卜的跟着盐担子走，好个闲操心。”

“你不要她，她就是我的！”

“你的？谁批准了？”

“老天爷！”石满堂吼着，忍不住拳头出手。张不三被打得连连后退。他稳住自己，就要扑过去，却被闪出石窑的宋进城拦腰抱住。

“别打，别打，打死一个人就少一份力量。掌柜的，从昨夜开始，坑底不冒水了。”张不三使劲甩开他，顺手从窑前捞起一张铁锨，朝石满堂直戳戳捣过去，一下没捣着，又要跳起来抡锨拍过去。突然，锨脱手了，咣一声掉到地下。张不三急转身，撕住宋进城的衣领：

“你刚才说啥？”

“我啥也没说。”

“不冒水了？土干了？”

宋进城点头，但话却说得令张不三焦急难耐：“可能吧，大概是干了，可这是啥征兆？谁也不知道。说不定明儿还会冒水哩。”

“快！快下！打炮眼，放炮！”张不三喊着，什么都忘记了——驴妹子，屈辱，对石满堂和宋进城的忌恨统统成了过眼烟云。揣在心尖上沉甸甸压迫着他的，只有深坑，只有坑底的黄金。所有人都被他的情绪感染了，疯狂地跑向坑沿。尤其是石满堂，他突然变得格外兴奋，对张不三说炮眼由他带人去打，并说王仁厚是最好的炮手。张不三同意了，他便拉起王仁厚急匆匆地来到坑沿上。

“下！”他给王仁厚拴好了绳子。

王仁厚望着他阴冷的面孔，一个寒战打得浑身尘土簌簌落下。但他来不及考虑别的，就被石满堂推下了坑沿。麻绳绷直了，滑轮慢慢转动，吊着他像钟摆一样悠悠落下。就在离坑底还有二十多米的时候，麻绳突然断了。

在石窑里，在地铺上，王仁厚醒了过来。他示意宋进城扶直他的腰，面朝几十张严峻、苦涩的乡亲们的面孔，哀哀乞求：

“我看见了，金疙瘩，一堆一堆的，离地面不远……别散伙，千万千万……我给你们磕头了……”

他咚一声趴了下去，嘴对着地，眼瞪着地，似乎金子就在他的眼前，却和他的眼睛一样无光无亮。

哭声，粗闷刚硬的哭声在石窑里回荡。宋进城将他扶起，款款放到地铺上。石满堂又拍大腿又拍头，悲声喟叹。但他的眼睛是干涩的，像两眼古老的枯井。宋进城大把大把抹着眼泪，禁不住抬起自己那只沾满了泪水的湿漉漉的手，在石满堂眼上抹了两下。石满堂的眼窝里顿时也有了泪渍。他愣愣的，似乎不甘心用别人的伤心装点自己的残忍。突然，他哭了，真的哭了，脸上也真诚地淌满了自己的苦泪。而在石窑外面，随着隆隆的炮声，无数碎石从深坑飞出地面，如节日的礼花在夜晚欢畅地爆响。张不三笑了。狂喜中，他看到驴妹子朝自己走来。

“我走了。”她淡漠地说。

“走？你就等着捧金子吧！”

“这么多男人……”

“有了男人你才能捧金子。”他伸手摸她的脸。她郁悒地扭转了身子，却被他推了一把。“走吧！小心碰上野兽。”他说罢，便去催促伙计们赶快下坑清理炸开的土石。她缓缓地迈动步子，就要走下黄金台，却见黑暗处闪出石满堂来。

“妹子。”

她竖起眼眉瞪着他说：“仁厚死了。”

“唉！”

“你还会叹气？”

“妹子，我是为了你。”

“这么说，仁厚真的是你害死的？”

“我能随便害人吗？我想害他，可没等想好，绳子就断了。”

“天理不容，你不得好死。”

“别咒我，妹子，我是为了你。”

“谁叫你为我了？”

“你不叫我为你？”他抹起眼泪来，“反正我会死的，今儿死明儿死，只要你说一句话，我啥时候死都行。”

“死啥？还是男人哩！谁叫你死了？你好好活着，做个好人，我就高兴。”

“那你还要说我害了他？”

“不。谁死谁活，老天爷早定了，由不得人的。”

他揩把眼泪，想笑，可嘴一咧比哭更难看。她赶紧转过头去，朝通地坑沿上的人群望了一眼，急匆匆走了。

是月亮的启示：远方积灵川的山顶上，有了一片玉色的闪光，月华朝那里静静流泻——一个神秘而伟大的古夜，苍茫了。

石满堂的脑海里也是一片苍茫景象，对谁他都否认是自己陷害了王仁厚，但记忆却告诉他，那个恶毒的念头曾经毫无愧色地支配了他的双手。那一刻，他没有犹豫，他浑身上下没有一个地方是因为良心不宁而颤抖的。苍茫的意绪里，除了萧瑟的荒风和野性的拼搏之外别无所有。可事后他不能不想到，他害死的是一个老实巴交的乡亲。他惶恐地四下望望，似乎自己已经回到围子村，置身在父老兄弟们仇视的眼光中。夜风吹醒了他。他想回去，睡觉或者下坑干活，一抬头发现驴妹子又朝自己走来。他跑过去。

“妹子，你没走？”

她停下来，身子在风中摇晃。他看她就要倒地，扑过去抱住她。她在他怀里瑟瑟发抖。

“妹子……”他觉得自己的手被她狠咬了一口，疼得他松开她，听她喃喃地说：“一到金场就不是人了。满堂，你咋也这样。”她认出了他。可他还执迷不悟。她又说：“我是来找仁厚的。”

“仁厚？我说了不是我，是他自己下去的。”

她双手攥住他：“他下到哪里去了？”

他无言以对。现在他看清了她。他像焊接在地上的一根铁柱，在坚硬冰凉中凝然不动。

“满堂，仁厚呢？我来看仁厚。”

他觉得她是来向他索要人命的，扭身就跑，跑向了张不三。她踉跄着追了几步，便被脚下的坑窝绊倒在地。张不三很快赶到她面前。

“大哥，”她站起来，“我来找仁厚，叫他回去。”

“回去？唉！晚了，他已经去了。”

“？”她蠕动着嘴唇说不出话。

“去了。你早来一步就好了。”

“他，回去了？”

张不三一愣，忙道：“对对！他回去了，回家去了。你没碰上？”他突然意识到，仁厚媳妇的到来是一种不祥的预兆。炮声刚刚响过，也许再过几天他们的辛苦就会结束，金灿灿的光亮就要从深邃的通地坑里喷射而出。偏偏在这个时候王仁厚死了，他媳妇来了。她的哭声带给围子人的只能是悲哀和退却。他说：“你赶快走吧。这儿不是女人住的地方。你去过积灵川？那你现在就拐回去，去找驴妹子，她刚走。在驴妹子那里住两天，就回家。说不定仁厚已经到家了。”张不三担心她不走，又说，“驴妹子那里啥都有，吃的喝的，你看你，累得脸上的肉都掉完了。你去那里好好休息几天。你看，天快亮了，叫别人看到不好。”

他的担心是多余的。仁厚媳妇一听丈夫已经回家去，就恨不得连夜穿过唐古特大峡。她说：“大哥，那我就走了。”没等到他再表示什么，她就扭转了身子。

仁厚媳妇原路返回。但她离开黄金台不久，就碰到了一群谷仓人。谷仓人是认识她的。

失去了黄金台之后，谷仓人并没有善罢甘休。最初几天他们待在桦树林里，准备随时扑向黄金台。既然已经付出了惨重的代价，再把发财的机会拱手让给围子人，那就实在窝囊。但他们又明白，光靠自己的力量是无力再去和疯狂的围子人抗衡的。他们派人去黄金台下窥探围子人的行动。种种迹象已经使他们明白了围子人的意图，他们惊怪，又感到可笑，但更多的却是愤怒和妒忌。他们以为围子人在做梦，最终不过是竹篮打水一场空，却又担心对方真的会挖到金疙瘩。他们愤愤地沉默着。

桦树林也在沉默。它作为谷仓人的露营地，在最初迎接这些疲惫不堪、创巨痛深的人进入树林，医治伤痕或休养生息的那一刻，曾表现得那样激动：细枝摇曳，绿叶婆娑，柔情的歌喉在飒飒地歌唱，亲热得有些过分了。后来，它发现人们并不理睬它，发现它弹奏的美妙音乐换来的不是唉声叹气就是粗鲁的咒骂。它失望了，在寂寞中悄悄走向伤感。树林越伤感，人们的思虑就越会滋生想法。终于有一天，谷仓哥哥憋不住了。当做贼心虚的李长久在黎明的清新空气中向他讨好地端来一碗热水时，他将碗中的热水泼向了对方的胸脯，厉声质问他，在张不三的铁锨下面他为什么没有死？那天的情形谷仓哥哥并不知道，但有人看见了，告诉他，李长久之所以死里逃生，是因为他给了张不三一样显然可以换回性命的东西。

李长久极不自然地回避着谷仓哥哥如火如炬的眼光，喃喃地说：“老天爷保佑我。”

“放你妈的狗屁！”金场上除了金子，还有什么东西能和性命具有同等价值呢？他又说：“你昧了金子？”

“没有。”

“犟毬顶不起尿罐子，小心我把你弄折了。”

“没有就是没有。”

李长久萎缩着身子离开他，走向一边解裤带撒尿，吭哧了半天也不见尿水水出来。谷仓哥哥盯着他，没打算上前继续盘问。但李长久从此便开始躲避他，躲又躲不远，只好加倍警惕地窥视他的脸色，看那上面有没有惩戒自己的信号。事情正在败露，他知道让伙计们活活打死的厄运离他只有一步之遥。可他什么也没看到，谷仓哥哥的脸色和大家一样。都是一个模子里倒出来的阴沉和凄惶。

中午，谷仓哥哥征询大家的意见：“能不能找公家人说说去？”

谁都清楚，这是无可奈何的举动。

“这儿不是乡村是金场。他们管得了？要能管早管了。”

“去总比不去好。坐在这里就能报仇？”

没有人再表示反对。桦树林摇着头送走了他们，也送走了凌凌乱乱地散落在草丛间的怨怼和苦闷。他们来到积灵川，在几排石头房子间穿行，很快找到了挂着金场管理所牌子的地方。谷仓哥哥上前敲门。过了半晌门才被打开，里面走出一个睡眼惺忪的青年。青年穿着便服，额头上有一块紫红的伤疤。他歪斜到门框上，不耐烦地瞅着他们，阳光刺得他眼皮不住地眨动。谷仓哥哥二话没说，就开始愤怒地历数围子人的罪恶。没等他说完，那青年就反问一句：

“这种事，你让我们怎么办？”

“杀人偿命，你们得惩办凶手啊！”

“说得轻巧，一个巴掌拍不响，你不惹人家，人家会杀你？”

谷仓哥哥有些语塞。他身后的人七嘴八舌说起来：

“我们是农民，你们不管我们，谁管我们？你说清楚，谁管我们？”

青年挥挥手说：“好，我现在就去对人家说，把凶手交出来！把地盘让给别人！你们说行不行？”

没有人回答。

“看，连你们也觉得不行嘛。人家能听我的？我算老几？”青年又道，“算了吧，年年都要死人。凶手不可能是一个，你一拳他一脚，要抓就得抓一大帮，抓来往哪里关？法不责众，这个道理你们是清楚的。”

“我们不清楚！”有人喊起来。

“不清楚那我现在就告诉你。”

谷仓哥哥气得浑身一抖：“你们要不管，那我们就把他们全杀了。”

青年眉毛一扬：“有本事去啊！”说罢，他回身咣地关上了门。

谷仓哥哥望着大家，两眼阴森可怖。他看到了伙计们紫胀的脸，看到了不远处的一根绳子上晒着拆洗过的被里被面，看到几只鸡在那里安闲踱步。他分开众人跑过去将白色的被里一把拽下来，又对伙计们喊道：“宰了，把这几只鸡宰了。”但大家情绪低落，反应冷淡，谁也不想再把精力宣泄在一些无所收益的事情上。

有人懒洋洋地说：“再不想办法找个地方淘点金子，今年就算白来一趟了。”

“那就淘吧。”谷仓哥哥烦闷地喊一声。

突然管理所的门又开了，那青年走出来问道：“你说围子人抢占了黄金台？要在台坡上挖坑？那还不容易对付吗？他挖坑，你放水，上游的涝池还能用。”

“放水？”

“放水把坑淹掉，谁叫他们无法无天哩。”

谷仓哥哥半晌没说出话来。这主意太好了，好得他不知道如何赞美。他回头逡巡自己的伙计们，嘿嘿嘿地笑了。

他满足了。他就要带着大家去干另一桩大事业了。临行前他没忘记去看看驴妹子。他来到她门前，见门锁着，四下里望望，没望见她，便又返回来。这时他突然意识到这半天没看到李长久，问别人，别人说，刚来这里就去杉木林里解手，到现在也没照面。这畜生，大概是跑了。他想着，浓眉挑了几下，鼻翼抖了几下，嘴皮子颤了几下，手一挥，咕哝道："回去再收拾，过了初一还有十五哩。"

怀揣着阴谋带来的激动，谷仓人踌躇满志地离开了积灵川。而这时李长久其实并没有逃走，只要他们寻找，就一定会发现他仍然待在杉木林里。他没尿却一直做着撒尿的样子，因为他觉得随时都会有人追踪而来，到那时他的举动就是他为什么久久不归群的理由。在这种手握男根的静止不变的姿势中，他思虑着自己的出路。他错误地估计了自己人，以为他们一定会去唐古特大峡口拦截他。所以他想躲开荒原的阳光，去向黑暗乞讨平安无事地离开古金场的机遇。

黑夜如期而至，他走出杉木林，轻手轻脚地路过土坯房，正在庆幸万籁俱寂、四周了无人迹时，突然听到一声断喝："谁？"惊慌中，他没搞清这声音来自何方，跳起来就跑，却被一个人迎面拦住了。他停下，见不是自己的伙伴，心里踏实了些。

"贼日的，偷了谁的东西？"

"我不是贼，我是过路的。"

"不是贼，为啥怕人喊？"和黑夜一起来到积灵川的络腮胡子一眼就看穿面前这个人不是个过关斩将的主儿，无所顾忌地搜起身来。他什么也没搜到，又问道："过路的？路过这里去做啥？"

"来金场还能做啥？我是谷仓人。"

"就是抢占黄金台的谷仓人？一伙吃五谷不屙干屎的瓜娃。伙计，跟我干吧，看你身坯里还攒着些力气。"络腮胡子是个年年靠收买沙娃淘金子的金掌柜，眼下他恰好觅到了好金地，正需要人手。他又说："我发工资，一天两块，还要管你吃饱喝好。至于金子，丑话说在前，能下得大苦就能多得，下不了大苦一星也没有。"他掏出一张十元的票子。"先拿着，买两条烟抽。"

李长久凸起眼珠不敢接。

"不识好歹。"络腮胡子收起钱，走了。

李长久盯着那间吞没了他的土坯房，思谋了半晌，犹犹豫豫上前敲开了门。络腮胡子正在脱裤子，一见他，便又提起裤腰。

"我干。"他说。络腮胡子扔过十元钱来。李长久伸手没接住，钱掉在地上。

"章法定在前，偷懒耍奸就要吃鞭子，你想好。"

"我先试当试当。"

"那不行！干起来就得干到底，不出唐古特大峡，你就是我的人，我要你咋你就咋。"

不就是铲土挖砂吗？苦苦累累他也受过，甩不动铁锨镐头就不算是庄稼人。他想着弯腰拾起钱揣进兜里。络腮胡子勒好裤带过来，一拳夯在他胸脯上。他愣了，怯怯地望着对方。络腮胡子哈哈大笑：

"这叫下马威，敢还手我就让你屎尿鼻涕、汤汤水水先流出来。"

他强打精神笑笑，要退出去，从炕上被窝里探出个女人头来说："别走了，今黑就歇在这，不碍事的。"

这夜，李长久和他们睡在了一条大泥炕上。

一边是货真价实的翻江倒海，一边是虚虚幻幻的焦躁温热。他背过身去不敢看他们，整个身心却被他们弄出来的声响牵扯着，每一丝呼吸都让他感到奇妙得不可思议。他坠入五里雾中，淫荡地猜测着哪一种声音代表哪一种动作。两腿间的那东西从一上炕就鼓了起来，一直鼓到后半夜，差点没把裤裆顶破。络腮胡子泄了三次，乏得瘫在了女人身上。女人不过瘾，还巴望着新鲜货色，推开络腮胡子，蹭着炕毡溜过来抱住了李长久。他被吓得不敢大声出气，回过身去推搡她。“咋？你不是男人？”欲入睡梦的络腮胡子含含混混地说。他这才贴住她，还没贴紧就尿了半裤裆稠浆子。“漏气的猪尿泡。”那女人扫兴地骂一句，滚到一边自个儿睡去了。李长久一夜无眠，天亮时眼皮才死死合实，却被络腮胡子揪住耳朵拽了起来。

“快走，我雇的不是养膘的牲口。”

他站到地上，用手背揉眼，揉着便揉出了后悔：他就像是我的阿大，要打就打要揪就揪，呸！才不哩。他嗫嚅道：“掌柜的，我看我还是算了。”

“想睡了就来，占了便宜就走，我这里可不是旅馆。”女人说。

“算了？由得了你吗？”

络腮胡子一脚踢在他的腿腕上。他身子一歪，跪倒在地。女人扭着屁股打开门。晨光斜洒而来，淡淡的凉风吹散着房内混浊的气息，黄金天地特有的清苦滋味让人顿时消除了夜间失眠或运动的倦怠。李长久被络腮胡子拽直了身子。女人凶悍地吼道：“快滚，都快滚，老娘还要睡个回笼觉哩！”两个男人出去了。李长久仿佛走在满是蒺藜的路上，一步比一步迈得艰难。络腮胡子在他背上一把一把地推搡着。

谷仓人远远避开了一切可能引发血案的锋芒，恭恭敬敬地给强梁霸道的围子人双手捧去了和平与安宁。他们很快找到了属于自己的金地。金地在积灵河上游，离积灵川不远。曾有先驱者说："积灵河出积灵川，高湖十万泓，水沮散焕，若银盆，若星宿，若冰镜，真塞外大观。"其实所谓高湖不过是几座古涝池，既不算积灵河的源头，也没有十万泓之多。涝池是用来贮水的，说明这儿过去曾有人居住，当然是很久以前了。从涝池的规模看，当时的居民也是成千上万的。他们在春天积灵河涨满时，把河水引入池内。在涸水季节里饮用或者灌溉，还利用它们做一些损人利己的事，不然历史上那几次挖掘通地坑的壮举就不会失败，"青石见，大水来"，也不会成为流传至今的灾难的预言。积灵河的流量有限，只有蓄积起来，才能出现大水，才能通过那条连接着涝池和通地坑的天然沟壑，创造一次声势浩大的洪灾。谷仓人就在这样一种祖先提供的有利地形中安定了下来。每天，他们在积灵河边用龙骨金床一锨一锨地挖砂洗砂，淘取黄金。又分出一部分人，在那几座以北斗星状排列的古涝池上花费精力：挖开河水通往涝池的渠道，再把所有涝池用渠道串联起来，又在天然沟壑和涝池的衔接处垒起堤坝，蓄水之后只要挖开堤坝，洪水就会直走黄金台。另外，他们还随时派人去监视围子人掏挖通地坑的进展，以便准确掌握放水的机会。在这段时间里，他们很少关心自己，尽管一百多号人淘到的沙金还不足十六两。

谷仓人的金地和驴妹子的住处相隔只有两里路，中间是一片云桦混交林，积灵河就从林中穿过。尽管是隔林相望，但谷仓哥哥再也没有去过驴妹子那里。他觉得驴妹子距离他的生活仍然十分遥远，思忖自己是没有力量将她从张不三的庇护下夺过来的。算了，他对自己说，即使驴妹子对他有情有义，那也是水中的月亮梦里的影子，想想看看可以，搂搂抱抱不行。再说，只要他得了金子，他就不愁今生今世娶不来媳妇成不了家。这想法使他的内心平静多了，也抹去了许多痴情幻想，开始一门心思在金子上打转转了：淘自己的金子，刺探围子人的金子；做金子美梦，想金子前程。可他没想到，就在他几乎要将驴妹子彻底从脑壳中排挤出去时，她却意外地出现了。

那时辰，天还没亮，按照惯例他们去黄金台下刺探围子人的行动。他们觉得围子人一定会有防范，生怕遇到袭击后吃亏，每次去都是二三十个人成群结队。半路上，他们听到前面有沙沙的脚步声，以为是围子人派出的密探，便悄悄隐藏起来。他们不想让围子人知道他们的金地，金地中有古涝池的秘密。

"弄死他！"有人给谷仓哥哥提议。

他摇头："万一不是围子人呢？"他想出了一个好办法，他要装鬼了，而古金场的厉鬼是会吓跑任何夜行人的，哪怕他胆大包天。他用白胶泥胡乱涂抹自己的脸，又让伙计们捡来地上的枯枝点着了一堆火。在火色的映照下，无边无际的黑暗中出现了一张撮鼻瞪眼吐舌头的鬼脸，又有了一阵人间不存在的古怪的笑声，接着笑声变作了野兽的神秘嗥叫。正在靠近他们的那个人顿时惊叫起来，叫声锐利得像飞过来了一把刀子，洞穿了充实着荒原的黑暗。女人？谷仓哥哥的心一沉，冲动地跑过去。

女人倒在地上，昏昏沉沉的。他望着那身蓝底白花的衫子，仿佛看到秋天的落英点缀在一角深邃的蔚蓝中。他俯下身去轻轻摇晃她，又侧耳听听她的鼻息。没把她吓死就是不幸中的大幸，他万分懊悔。一会儿，他抱起了她，看伙计们都围在自己身边，便低下头去立着不动。伙计们互相拽拽衣服，知趣地离开他，继续朝黄金台摸去。

害怕从山巅林带飘来的夜风吹坏了这个姣好的女人，谷仓哥哥将她放在积灵河边的一棵老杉树下。一地柔软的牛毛草像绒毯铺在她身下，身边有些野花，随风摇曳着，在夜气中，在这个寒流乍到的季节里最后一次展示着生命的壮丽。他蹲踞到她身边，痴迷地望她，发现自己对她的钟情霎时复活了。夜色将整个世界缩小到他的视域之内，黑色的墙垣隔绝了人与兽的可怕的遥睇，就他和她，原野无比寂静。作为一个血气方刚的男人，他没有任何理由回避这种上天赐予的呼唤着他的情欲的机会，他觉得她的从天而降也就意味着她对他的依赖。他为什么不可以拥有她呢？她的丰满的胸脯在无声地挑逗，乳房像两匹活脱脱的金马驹就要蹦向他的怀抱，只要解开她的衣扣他就可以如愿以偿。可他又不想这样做，他希望这两匹金马驹是她用心灵捧送给他的礼物，而不是他乘人之危掳掠来的迷人的财宝。他生怕自己会马上做出一些粗野的举动，忙转过脸去。他的心跳加快了，浑身的血液像要燃烧一样灼烫。他站起来，心烦意乱地搓着大手来回踱步，也不顾地上的花草已被他踩倒了好几枝。而驴妹子展展地躺着，头歪向河水，莹亮的水光映照得她那张脸格外灵秀。她闭着眼，半张嘴发出几声微弱的呻唤，在昏厥中继续迎受着恐惧的折磨。谷仓哥哥背对她停下，让近岸的一湾静水映出一尊有无数皱褶的高大身躯。好一会，当剽悍的山野之风怎么也吹不凉他周身的灼热时，他猛然转身，低眉扫她，眼光已不像刚才那样小心翼翼了。他蹲下，手战战兢兢伸向这位睡美人的衣服，可指尖刚刚触到她身上，他便浑身一颤。天哪！他心里揣了一团火，也揣了一块冰，冰与火宁肯自灭也不可调和，但火的赤红和冰的玉洁同样都是美丽的。他腾地跳起，赶紧朝后退去。

头顶缀满了金色的宝石。华丽的天幕绷在四面郁黑的山顶上，世界成了一个硕大的穹窿。她醒了，眨巴着眼，望天，望四周黑魆魆的树林，望那在夜色中闪着白光的河水。半晌，她才想起刚才发生的可怖的一切。她倏然坐起，四下看看，不由得发出几声惊恐的叫唤。谷仓哥哥伫立着望她，不知所措地摊着两手。她慢腾腾站起，身子一歪，又倒了下去。他跳过去扶她，却被她死死拽住了。

“谷仓哥哥……”

她哭了。女人，气愤是眼泪，哀怨是眼泪，无可奈何、忧急惶惑也是眼泪。那么现在，她流的是什么泪呢？他发呆地问着自己。

荒原的夜已经接近尾声了。

监视围子人行动的谷仓人在第一抹晨光到来之前躲进了桦树林。就像一口偌大的黑色染缸里搅进了许多白色颜料，天渐渐呈现出一片湿润光滑的铅色，继而又成了蛋青，成了灰蓝，成了流动的奶汁。在这种奶汁的洗浴下，仁厚媳妇出现在积灵河边。一会儿，她就走进了桦树林，走进了谷仓人的视域之中。她看见了他们，看见了张张不怀好意的面孔，她没跑，她已经跑不动了。他们将她围住，敌意地打量她。她是女人，而且是围子人的女人。这就够了，用不着为他们的动手动脚寻找别的理由。她知道喊叫是没用的，面颊变得惨白，明澈的眸子里饱和了乞怜的水色。这水色表明了她女性的怯懦，而怯懦只能刺激出他们更加凶残的本性。古金场不存在同情。

“找到你男人了？”

“脱了裤子再说话。”

有人从后面拦腰抱住她。她的双脚离开了地面，身子在空中停留了一会，便被他们放倒在草地了。她痛苦地闭上了眼睛，旷野不见了，罪恶的人群不见了，斜洒而来的晨光更显得微不足道。男人大风一样狂妄地席卷着她。旷世金场成了他们翻江倒海的浑金大炕。那些围在四周的谷仓人嚎叫着欢呼，又拍巴掌又跺脚，喜若狂，疯若狼，群情飞扬。她的眼泪无声地溢出来，清粼粼的如同身边的流水。

“放开我，放开我……”

微弱的哀求已不能表达她内心的凄楚，只有心力衰竭时的恐惧陪伴着她。她似乎望见了一口黑锅正在朝自己扣来，她希望这是天空的崩塌，因为只有这样才能彻底消除自己的羞辱和正在溃烂中的心灵的创伤。她想到了仁厚。仁厚已经回家去了，她也就放心了。她已经感觉不到几十个被荒原的残酷剥去了外衣、裸露了本性的淘金汉正在轮奸着她，深深地愧悔和内疚使她只想说一声：仁厚，我对不起你。她只想给自己的丈夫解释清楚：这一切都不能怪她，不是她想奉献贞操，而是古金场公然夺走了她的贞操。无法无天的古金场，仿佛是地球之外的某个地方。

最后一个男人终于离开了她。他并没有得到满足，因为他发现她好像已经不再吸气出气了。

“快走！”有人喊了一声。

刹那间，他们害怕了，他们没有胆量直面一个被他们用生殖器杀死的女人。因为他们隐隐知道生殖器是创造生命而不是屠戮生命的。一阵杂沓的脚步声骤然响起，倏然而逝。

这时，仁厚媳妇从心灵深处发出了最后一声对丈夫的忏悔。可她哪里知道，她死前还以为会为她难过的丈夫，早已在阴曹地府的门口等候着她了。

第八章 大 水

令人窒息的寒潮送来了不期而至的大雪，超人的深沉潜藏在诡谲的雾海之中，下雪了，像天上抖下了无数白色尘土。坦荡的古金场敞开襟怀，静默地等待着覆盖、堆积。这是秋深以来的头一场大雪。雪飘无声，寒流凝滞在黄金台上，石窑里取暖做饭的火堆已不能改变人们缩头缩脑的姿势。而在通地坑内外，人们的活动被寒冷所牵制，纵然有火旺的心劲，也无法痛痛快快地干活。但工作不能停下，忍耐成了人们的第一需要。在这种情况下，张不三充分显示了他比别人更为坚韧的毅力。他迎受风雪吹打的时间比别人长，而且还要扮出一副乐呵呵的神情，还要时不时说出几句目空一切、傲视霜雪的笑话。张不三是忍耐的天才。

“黄连锅里煮人参，好不容易从苦水里熬到今天了，打野鸡也得等到三更。刺窝里摘花难下手，抓住了就非摘不可。”

他总是这样说，一贯忠诚于自己这个群体的宋进城响应着他，唱出了一首歌谣：

跑马溜溜到山上，
拨开林梢打黑枪，
不打个兔儿你就别骑上。

宋进城没完没了地唱着，人人也就把这支没羞没臊的歌挂在了口头上。不打就不转的陀螺虽然一摇三晃地像要马上倒下，却还是在那里旋转不停。终于有一天，人们发现，危险闪电般逼临和希望之光的迅速出现，同样都是荒野的特点。当骄矜的命运猝不及防地捧来好消息时，张不三正端着一碗饭，烦闷地不想下咽。

“见了！见了！”

他愣怔着，随即撂下碗筷，跳起来一把撕住窜出坑沿后疯跑而来的宋进城：“见啥了？”

“青石！整整三块，上面还有斧头劈出来的印子哩。”

张不三扭身就跑，恨不得一蹦子跳到坑底，但几分钟后，当那三块青石赫然撞入眼帘时，他却连摸一摸的勇气也没有了。三块青石明净溜光，方方正正，呈品字形摆置。每块青石确有斑斑斧痕，大概是先人们挖掘时留下的痕迹。他望了好久，才趴倒在石面上，仔细琢磨。石块中间的罅隙只有一寸宽，任他怎样脸斜头歪地窥觅，也无法看到哪怕一滴金光。石满堂横过镐头来要撬，却被他激动地挡住了：

“你上去，告诉宋进城，点上祭火，越旺越好。”

这是规矩：在接近胜利的最后一刻，不管你信神还是忌神，这堆火是非点不可的。并且要让火焰蹿上半空，青烟漫进云彩。红火，隆盛，吉利，兴奋，激情的袒露，淘金人的豪迈，胜利者的炫耀，疲累者的舒展，统统都包容在这火焰之中了。唐古特人这样做过，乌兰哈达王爷这样做过，他张不三也要这样做，而且一定要在火势上超过他的所有先行者。

一个小时过去了，当张不三得知祭火已在台顶升起，坑面上的所有围子人都拜过了天地神明祖灵鬼魅后，才开始端起笨重的撬杠，满怀虔敬地撬那三块青石。金疙瘩就在青石中间，如果不是青石太厚重，恐怕早就被先人们捧走了。他感到侥幸，甚至以为，如果要埋怨青石的沉重稳实的话，简直就是一种罪过。品字中间的缝隙在他的努力下渐渐张大了，一股冷气冒出，好像青石下面就是地府的殿堂，神秘莫测。他揩着汗喘气，打发人上去再拿两根撬杠，再叫几个人下来。可是，过了一会，来到坑底的却是一阵阵撕裂嗓门的吼叫：

“大水下来了！大水下来了！”。

这声音如同石头落井，轰然一声砸在张不三铁硬的脑袋瓜上，又四散开去，顺坑壁纷纷跌落。之后张不三就听到了一阵隆隆声，好像整个黄金台在滚动。他赶紧拽过垂吊的绳子，拴在了自己身上。

真该感谢那提前打起来的围堰，不然，张不三和坑底的人就恐怕再也不会有出头露面的机会了。

水势浩大，沿着那道天造地设的沟壑，从积灵河上游滚滚而来，一浪一浪地翻卷着，又倏然滞留在围堰前面，聚攒着一次比一次雄壮猛烈的力量，呼哧呼哧地推搡着面前的阻拦物。原先的围堰显然经不起这种天水地流的拍击冲撞。张不三奔前奔后地吆喝着，招呼所有人都来到围堰上，排成两队，传递从黄金台上搬下来的土石。围堰和水面一起增高着，在暗夜来临之前，水终于小了。黄金台的坡面上顿时平静了许多，随之而来的是人的极度疲倦和对神灵福佑的感激。有人哭了，接着便是许多双泪眼的呼应。包括一向乐观的宋进城，也和石满堂相对着啜泣起来。张不三骂骂咧咧嘲笑着他们的泪水，自己的眼窝也禁不住潮气泛滥了。他赶紧用袖子揉揉，让大家撤回石窑，准备饱吃一顿后，带几个壮实汉子连夜撬开青石。青石一见，大水就来。如今被水堵住了，但堵不住人们的欲望。他现在最担心的就是谷仓人的偷袭。在这个时候，偷袭是最容易发生的，而且一定会异常残忍和暴虐。

他们回到了石窑里，人们都高兴，又都那么伤感。可时间并没有让他们充分去体味这种矛盾的心境，窑外又响起一阵水潮的涌动声。这次，水势太猛，太有些出乎意料了。没等所有人冲出石窑，厚实高大的围堰已经出现了一道豁口。接着便是坍塌、便是毁灭，便是动人心魄的巨响。土石带着哭声流走了，人的骨架、人的体魄、人的精神、人的所有悲壮的和惊恐的情绪也随之坍塌，随之流走了。

轰隆隆隆，声威俱烈，大水朝通地坑漫荡而去，直灌坑底那三块希望和命运杂交而生的青石。很快，水满了，而冲锋陷阵的泥沙石块还在不断填进，坑里的水又朝外激愤地溢了出来，在黄金台脚下奔驰。这时辰，人们站在高高的台坡上，静静伫立。没有一个人发狂，也没有一个人恸哭，肃穆的神情，对泯灭和死亡、对企盼和复活失去热情的淡漠，以及无光无亮的眸子，让大野、大山、大水、大天都染上了一层浑朴悲怆的黑色。夜色深沉，而祭火还在台顶活跃地升腾、爆响。青石一见，大水便来，挖掘了三个多月的通地坑已经被泥石填平了，万两黄金，黄金万两，又一次沉寂了，杳然了。远山带着愤怒的吼声，带着初冬的风鸣，威风凛凛地逼近着。人顿时萎缩：心被掏空了，眼被掏空了，灵魂被劫持走了，血液被换成了混浊的河水。人心如原野空旷，如雪色煞白。

突然，伫立在人群前面的张不三一声喟叹，号哭从他憋满了怨怒和绝望的胸腔中喷涌而出，像大雨倾泻。

无数条泪河顿时汇合。人们脚下的土地湿润了，而黄金台依旧耸立，依旧是永恒的希望的象征，依旧是诱发无边人欲的伟大磁场。

天亮了，太阳升天，环绕着太阳的是俯临人间的厚重的云翳。张不三终于明白：真正的古金场的冬天来临了。静雪被阳光催逼，缓缓飘来。荒原，就是阳光和大雪共存的地方。

“你们快回吧，家里人都等急了。”

张不三对所有人都说着同样的话。而所有人的反应便是沉沉地点头，默默用眼睛分泌离别时的伤感。只有宋进城问了一句：

“你呢，去哪里？”

“大水漫出河床的地方。冬天了，天不下雨，雪又不消，哪来的河水涨潮呢！”

“青石见，大水来。神仙老爷不保佑，谁也怪不得。”

“命里的事我认了，将来咋样谁也说不上。去积灵河上游走一遭，见庙上香，遇神下跪，我就不信我是死面饼饼一沓沓，永世不得翻身。”

“那我跟你一起去。”

这次轮到张不三点头了。

循着大水冲刷的轨迹，前去二十里许，便是积灵川和绵亘不绝的积灵山脉。覆雪的峰巅倨傲地藐视着两个踽踽独行的人。积灵河的源头就深藏在它脚下的血管里。山脚下那片云桦混交林和中游的桦树林遥相呼应，像是茫茫古金场中的两只绿色眼睛。地高风硬，积灵河已经有了冰岸。连接着冰岸的是几道人工掘成的水渠，直通那些古涝池。涝池一个接一个，像葫芦串似的，全都封冻了，显然是不久前才蓄了水的。光滑平展的冰面让人陡然产生一种温淡的冲动，就像浪子归乡，嗅到了家门旁鸡窝里的那股熟悉的臭味。围子村里也有涝池，那是用来供人畜饮水的。

张不三站在涝池沿上，愣愣地望着。宋进城拾起一块石头扔向冰面。石头朝前滚去，发出一阵嘭嘭嘭的声响。

“空的！涝池是空的！他们把蓄的水放了！”

而这时，张不三也发现，每个涝池边沿都深深地扒开了一道丈余宽的口子。从豁口朝里望去，冰下无水，幽深的涝池竟像荒野一样空旷。豁口处，水流的痕迹正好通向那直达黄金台的天然沟壑。天转了，地转了，人也在旋转，经受过大悲大喜刺激的张不三，不屈不驯的张不三，差点晕倒在地。

他们朝回走去，歪歪斜斜，走走停停，古金场的黄昏被他们用仇恨的火焰燃红了，红雾在遥远的天际垂直升起，像灿烂的擎天柱。观音菩萨，年年十八，任天塌地陷，大水浩荡，神佛无光，古金场还是充满了残杀之气，张不三也还是原来那条闯荡天下的刚硬汉子。因为他和宋进城吃惊地发现，在桦树林的边缘，所有围子人都在那里静立着。他们没走，他们等待着两个前去穷根溯源的人。双方都有急事相告。而石满堂抢先告诉张不三的是：谷仓人突然出现了，他们从桦树林中钻出，大踏步登上了黄金台。

张不三伸手慢慢地拿过石满堂手中的铁锹，直直插向地面，像插向谷仓人的胸脯那样气派有力："老天要我杀人，我不得不杀！"

石满堂握住锹柄，朝自己怀中一拉："我们就是为这个才没走。是慢慢地杀，还是清汤饺子一锅端？"

"一锅端？"

"叫来满金场的几万淘金汉。"

"对！"张不三笑了，放荡不羁的笑声，令人毛骨悚然的笑声，沸腾如海、如风的咆哮。沉郁的桦树林也翻卷起一阵阵迅疾骇目的险浪来。石满堂提醒张不三，在万众撕裂谷仓人之前，必须将驴妹子接回来。张不三点头，第一次在这种事情上向石满堂投去了赞同的一瞥。

围子人冒着大雪四散而去，去向数万淘金汉传播一个古老而可怕的秘密。而张不三却朝积灵川走去。他们说好了，天亮前在桦树林里集中。

张不三来到那几排石头房子中间，找到金场管理所的人，对他们说："谷仓人把我们的金子抢了，大块大块的紫红色的纯金。黄金台的通地坑里全是这种金子。"他看他们脸上充满了狐疑，便拿出那块从谷仓人李长久手里抢来的金子，双手托着，"你们看，我现在就剩这一块了。我打算来这儿把金子卖给国家的时候，身上有七块，加上这块是八块，还有一口袋碎金，叫他们全抢了。”

有人伸手要拿他那块金子。他朝后一缩道：“这一块算不了啥。你们别捡了芝麻丢了西瓜。大金子全在他们身上，他们不会卖给国家的。”他边说边退，来到门外，看他们睁大眼就要扑过来，返身就跑。

好像女人生来就应该守在家中，无休无止、温情脉脉地等待，尽管这土坯房哪里是她的家呀！不是家，却有她熟悉的男人味儿。她留恋它如同留恋痛苦和不安，留恋时光的酸酸苦苦。留恋的原因是：她决计要跟着谷仓哥哥走了。托人如托山，谷仓哥哥就是她的山，大山，厚山，深山，高山，牢牢靠靠，郁郁葱葱的希望之山。

他说了，他要来接她，占领了黄金台就来接她。

她黑灯瞎火地坐着，伸手在炕上摸索，突然醒悟：没啥可收拾的，这里的所有东西都是张不三的。她带着她的心，利利索索地跟他走就行了。她愣愣神，听到有人开门轻轻叫了她一声，便激动地应承着，用眼光在黑暗中搜寻。一个男人的影子出现在夜气弥漫的门口，她眼睛玉镜般闪烁起来。

“谷仓哥哥，谷仓哥哥。”

贮满房间的夜气好像被什么推了一下，晃晃悠悠朝窗外溢去。

“谷仓哥哥……”

“嗯？”

“你过来。”

没声没息了。她想他一定是在和她耍笑，说不定马上就会跳过来抱住她，亲啊亲的。她禁不住嘻嘻笑了：

“我看见了，你就在那儿。”

还是没有人回答。

“你不过来我就不跟你走了。”

她觉得他在黑暗中痴情地望着她，便不由自主地羞红了面孔。娇嗔地噘起嘴，头低垂了下去，不无激动地等待着他那全身心的紧紧拥抱、那恣情的抚摸，还有那么多让她感到新鲜，感到脸热心跳的粗话、喃喃的迷醉了的情话和一声声妹子长妹子短的呼唤。这一刻终于让她等来了。沉重的男人的身躯像扑小鸡那样扑倒了她，粗闷的喘息和那股汗臭横铺到脸上，失去了温情的大手扫荡着她的身子。一切都是她熟悉的，也是她惧怕过憎恶过的。她惊恐，惊恐之后便是清醒，清醒地哭泣。她已经习惯了逆来顺受，一动也不敢动，只是一遍又一遍地重复着谷仓哥哥的名字。她以为自己只是在心里呼唤，可等到张不三掐住她的脖子后，她才明白自己是呼出了声的。

“你要跟他走？”

驴妹子浑身一阵哆嗦，摇摇头。

“瞎狗吃屎自己骗自己，我放你走，放你的魂儿上西天。”张不三疯了。他觉得自己挖不到金疙瘩全是由于驴妹子的存在。女人就是灾，就是那场大水，就是克走运气的扫帚星。至少，她是叛徒，她一定知道谷仓人放水的秘密，却没有跑去给围子人告密，这就已经犯下了该杀该死该变鬼的罪孽。他感到自己的手越来越大，像倏然裂开又要倏然碰撞的岩石缝隙。而驴妹子白皙的脖颈越来越细，越来越柔软，这柔软的感觉让张不三分外惬意。他仿佛看到，在过去的岁月里，在自己铁钳般牢固的拥抱中，驴妹子雪白的身体弯来扭去地缠绕在他的腰际。他夜以继日地沉浸在浪情之中，发现在驴妹子的柔软面前自己也变得柔软无比。柔软是温情的兄弟。她温情，他也温情。他们毕竟温情过。现在，他没有了温情也就失去了柔软，而她依旧柔软着。这算什吗？他要弄死她？可为什么非要掐住这能够让他起性的脖子呢？他问着自己，聚攒在手上的全部力量便溘然从指尖流走了，就像过去驴妹子让他流走了体内的精气那样，肌肉松了，骨头酥了，浑身幸福地困乏了。他怀恋着一个流逝的困乏的岁月，双手离开了她的脖颈。可他又担心这是由于自己的怯懦，在心里反复告诫自己，不能让她就这样轻松地死，她应该经受更为痛苦的折磨。他相信，只有痛苦才能使她忏悔。“去吧，去找你的谷仓哥哥。他现在就在黄金台上捧着大金子等你哩。”他说着，从锅灶边拿起那根驴妹子打柴背草的麻绳，捞起菜刀一砍两段，将她的双腿和双手牢牢捆住了。

驴妹子惧怕得浑身颤抖。但她没有反抗，她怕惹出他更加残忍的施虐。

他将她抱出房门，放到雪地上，狞笑一声，吼道：“爬！你给我爬过去！死不了你就是谷仓人的。”

她脸贴在地上，仰头望他，两滴晶莹的泪珠滚出来渗进了积雪，张不三那张阴险紫红的面孔顿时模糊了。她咬紧牙关，将脸埋进积雪，沉浸了一会便挣扎着朝前爬去。她的动作显得非常吃力，但从那不断扭曲的身体中却透出了她的愤怒和顽强。她一寸一寸地爬着，像一头乏力的牛在土地上留下了最后一道犁沟。

张不三愣愣地瞩望她，凶狠的脸上肌肉渐渐收缩，一丝怜悯的光波溢出双眸。他害怕自己会做出可怜她的傻事，转脸去看着土坯房。片刻，他迈动了脚步，很快消逝在迷蒙的雪雾中。

半路上，张不三碰到一队正在向唐古特大峡进发、准备在大雪封山之前撤回家乡的淘金汉。他上前主动和他们搭话，之后便遗憾地连连摇头：“走不得，走不得，谷仓人就不走。大金子垒在石窑里，拿也拿不动，可他们还想挖。”

其实这伙人已听说谷仓人在黄金台上发了大财的事。他们将信将疑，大财不是好发的，几百年才有一次。难道谷仓人个个都是财神爷的干儿子，好运气全让他们碰上了不成？再说，气候不等人，大雪已经迫临，寒风凛冽的古金场正在用肃杀之气震颤着他们脆弱的神经。他们本能地有了归窠回窝的愿望。

“耽搁一两天怕啥？我们就不走。我们要按照金场的规矩办。”

这规矩人人都懂，得了大金子的人必须分出一些来给别的淘金汉，否则谁都有权利去抢去打，甚至杀死他。况且，眼下是金子多得拿不动，拿不动就是多余的，就应该让所有在金场吃苦受累的人都得到一份。

人们在犹豫。张不三又拿出自己那块金子炫耀了一番。他这次说是谷仓人送给他的。那些人围着他倒吸凉气，这么大一块金子敢于送人，说明谷仓人的确撞到财神爷的屁股底下了。待张不三走后，他们七嘴八舌地鼓动自己的金掌柜，不妨走一遭，等别人都拿到了大金子，他们就会后悔死的。既然大家都已经忘掉了气候带来的危险，比一般人都更能玩命的金掌柜自然就变得无比亢奋。他们转向了，激动地向黄金台扑去。他们看到，许多支队伍都在朝一个方向迈进。他们加快了步子，发现别的队伍也加快了步子。在一种万山倾颓般的竞赛中，人群和人群之间彼此坚定着信念：谷仓人真的挖出了成堆成堆的金子。谁要是再表示怀疑，那一定会让对方产生“他想独吞”的想法而狂奔起来。

仅仅过了一天一夜，在围子人的游说煽动下，畏葸着气候的变化，准备迅速离开古金场的数万淘金汉，又毅然放弃了走的打算，从广袤的积灵河流域的各个角落里冒出来，浩浩荡荡地奔向黄金台。数万张被物欲和妒恨镌刻出纹沟皱蹙的脸上，就有数万张吞噬谷仓人的血盆大口。荒原之上，群情激愤，到处是崛起的人众、耸动的火苗和腾起的狼烟。缓缓移动着的淘金的铁器和滚滚流淌着的人的黑色毛发，一起将争锋推向高潮。就在这时，张不三意外地碰到了被他放生的谷仓人李长久。

李长久和一群放浪形骸的人待在一起，领头的便是络腮胡子。他们正在去留之间徘徊，因为络腮胡子实在不想再上一次当，再像上次那样去黄金台上揣摩白花花的亡骨和亡骨散发出的幽蓝的荧光：张不三把刚才对别人说的话重复了一遍，眼珠在络腮胡子和李长久之间来回滚动。络腮胡子仍然不相信。张不三再次拿出自己那块金子让他们看。他知道这是一种非常冒险的举动，只要那些在这块金子面前目瞪口呆的人稍一狠心，他拿出来的就不仅是金子，还有性命，性命比金子当然要珍贵得多。但在络腮胡子眼里，张不三是个和他同样重要的金油子。金油子敢于一反常态地将金子昭示于人，就说明他并没有把自己那块金子放在眼里。“我这块算啥，大金子多着哩！只要登上黄金台，就不会空着手下来。”络腮胡子咂摸着张不三的话，不禁点点头，又一把揪住张不三的衣领说：

“我杨急儿轻易不相信人，今天我相信你。你要是把我骗了，以后就别想在古金场照面。”

杨急儿？这名字让张不三怦然心跳，一座仿佛已经从地球上消失了的大山突然隆升而起，矗立在了他面前。他感到这山正是为了自己才再次出现的。山上岩石嶙峋，布满了狞厉粗野的黑雾，黑雾之上是险峻的山顶，山顶有积雪，那是死亡禁地。但他并不害怕，他遗憾的不就是没有攀上这禁地，用自己的烈焰烤化冰冷彻骨的万年积雪吗？他唐突地说："我为啥不能在古金场照面？你抢你的金子，我发我的大财，井水不犯河水。相信不相信我随你的便，实话说，我可不是个老实人。"

杨急儿一把将他推开，欣赏地审视他："老实人得不了大金子。得了大金子你就得小心点。只要我不死，井水照样犯河水。你走吧，明年我们再较量。看你是条汉子，我放过你的金子也放过你的命。"

"明年？"张不三斜睨着他，用手指指脚下，"我在这里等你。"

杨急儿爽朗地叫了一声"好"，然后指挥他的人奔赴黄金台。人群急速朝前移动，只有李长久磨磨蹭蹭落在了后面。杨急儿和张不三几乎同时朝他走去。咚一声，杨急儿一脚踢到他的腿腕里。他双膝着地，又赶快起来。

"他奶奶的，用你的时候你就想溜，牲口，把我喂你的粮食吐出来！吐！吐不出来？那就跟我走。"

李长久哀哀地说："我走不动了。"

"不死就得走，嫌我没给你鼻子上穿缰绳吗？"

李长久沉滞地挪动了步子。张不三上前将他拉住，对杨急儿说："他不能去，他是谷仓人。"

"管他是啥人，我雇的沙娃就得听我的。"

"听你的？自己的巴掌不扇自己的嘴巴，他会跟你去抢谷仓人的金子？”

“他敢不去，我把他宰了。”

“好事还是大家匀着干，我替你动刀斧。”

他盯着张不三想了一会，问道：“你想要他？”看张不三点头，他巴掌一伸，“拿钱来，不多，就一千。”

“别把我往绝路上逼，我们明年还要见面。明年，我给你一千，不给钱就等于我抢了你的金子。”

杨急儿沉吟片刻，又像刚才那样叫了声“好”，一掌拍在张不三肩上：“说定了，明年古金场的仗就由我和你打，你多吆几个伙计，肩膀上多扛几个头来。”

“我的头一个就嫌多。”

“嫌多就趁早送给我。”杨急儿说罢，看都没看李长久一眼，转身去追撵他的队伍。李长久像头被遗弃的牲口怔忡不宁地立着。张不三温和地说：“跟我走吧，有你的好去处。”

这些日子听惯了训斥的李长久被张不三的温和吓了一跳，满腹疑窦地不肯迈步。张不三兀自前去，又回头微笑着向他招招手。这是人情的诱惑，李长久无法不让自己跟他去。他已经是一个丢了群的孤雁，在离开了群体就寸步难行的古金场，他就像庄稼渴望澍雨、饿虎渴望食物一样，渴望着一个平等自由的不再担惊受怕、不再忍受屈辱的人群。张不三给了他一丝忽明忽灭不可捉摸的希望。他跟在他身后，一步比一步迈得谨慎，似乎陷阱就在跟前。但他没有停下，身后是比陷阱更加可怕的孤独和寂寞。

“驴妹子呢？”一见张不三回来，石满堂就焦灼地问道。

“走了。”张不三冻得浑身打战，嘴唇哆嗦着，稀疏而细长的眉毛和睫毛受到白花花的冷霜的压迫，眼睛只好眯成一条缝，不时地眨动着。他身后的李长久蜷腿塌腰地抄着两袖，脖子龟缩进了衣领，耸起的双肩上挑着两座晶体的雪峰。

围子人簇拥到张不三身边，就像满天黑沉沉的雪雾环绕着一颗只在古金场放射黑光的太阳。走了？——所有人的眼窝里都汪汪地荡起困惑和怜惜。张不三那张比天色还要凶险的脸上卷起一阵紫色的风潮，沉重地点头：

“她走了，去找谷仓人了。”

他话刚说完，就被石满堂撕住了衣服：“走了？她咋就走了？”

惨云低伏，阴风好一阵猛刮。他不再吭声。石满堂急了，双手使劲将他摇撼，摇得张不三暴跳起来，一把推开石满堂。石满堂忧心如焚，连连跺脚，继而定住了，直视张不三，两眼幽深得如同古金场的暗夜：“好！你不管她了，那我就去管。我撕不碎谷仓人就不回围子村。”他扭身就走，挥动胳膊让人群给他闪开了一条路。宋进城跳过去拦腰将他抱住，却被他旋腰甩出老远，他自己也差点倒在地上。雪尘排浪一样从地上掀起，喧叫在他的脚前脚后。谁也没有再去阻拦，似乎觉得他就应该这样大义凛然地去复仇，去夺回驴妹子，或者说，应该义无反顾地去送死。围子人肃然而立，静悄悄地向远去的石满堂行着注目礼。这时，传来了张不三威严的好比老天爷释放惊雷闪电的声音：

“点火！谁不让我们挖出金疙瘩，谁就别想走出古金场。”

他自己上前，也像杨急儿那样朝李长久的腿腕踢去。可没等他踢着，李长久就扑腾一下跪倒了。人们这才注意到张不三带来的这个缩头缩脑的陌生人。

“大哥……”

“你们放水，我们放血，看谁来得利索。把这个谷仓人给我绑起来，绑！快绑！脱光了绑！”

人们扑向李长久。李长久生怕来不及磕头求饶，飞快地将头捣向雪地，却被一只更加神速的大脚狠狠地踩住了脖颈。

几个壮汉在绑人，一大群人在准备点火。篝火又一次升起来。桦树林奉献的枯枝败叶使火苗顷刻变得无比激愤，跳跃着步步蹿升，不尽的焰火滚滚地飞上天空，呼啦啦地摧绽了张不三脸上那几蹙历史的曲折。他迎着风雪朝天仰望，突然过去，在手扶拖拉机上哗啦哗啦地扒开一些烙好的干粮，从最下面拉出一袋面粉，又拿过一把铁锨，朝面袋铲去。白花花的面粉冒烟似的从裂口往外淌着。他觉得这样还不过瘾，丢开铁锨，双手攥住面袋裂口，一撕两半，举起来朝空中挥舞。别的人也学着他的样子，将拖拉机上的所有面粉尽情洒向天空。霎时，荒风变作了白浪，雪粉和面粉合在一起，共同创造着一个恐怖的缟素世界。退路已经不存在了，没日没夜操劳过的粮食，又被他们亲手葬送给了荒野。他们不是不打算吃饭，要吃就吃谷仓人的，吃他们的肉，喝他们的血，再用他们的油拌着他们的面在青石板上烙大饼。

围子人的心灵黑箱又一次打开了。一番激扬的表演之后，他们围住了篝火。篝火边躺着李长久，光溜溜一丝不挂的身子上，横七竖八地缠绕着绳索。惊悸加上暴力的肆虐，他已经昏迷不醒。握刀在手的张不三蹲下去，揪起他那疲软了的男根，拉皮条一样揪得长长的，一刀剁去，那皮条就整个儿萎缩在了他手中。他拎着在眼前晃晃，扬头问道："谁吃？"没有人回答，他便扔进了火堆。

李长久被疼痛闹醒了。头在地上来回滚动。由于嘴被毛巾塞着，惨叫就变成了两股硬邦邦的气体，在绷大的鼻孔里一节一节地喷吐着，哧哧哧的声音就像风箱在吹旺火焰，篝火鼓噪着上蹿下跳。

刀子再次剁下去，李长久软塌塌的脬子像发酵酸奶的皮口袋一样张开了。似乎他的全部感觉都浸泡到了醋缸里，蜇裂肺腑的疼痛使他的每一块皮肉都像在淬火一样难受。跳珠般的汗水从毛孔里滚出来，水淋淋的身子湿漉漉的脸。

张不三用刀尖挑出了他的睾丸，举刀朝众人展示了一番，甩向火堆。接着，他开始从大腿上一条一条地割肉。动作缓慢，每割一条，都要啧啧啧地欣赏一遍，仿佛一个高明的屠夫在屠案上向顾客卖弄着他的操刀技艺。

肉条在火中叫唤。血泡不停地冒出来又不停地被烘干。热血消融了积雪，殷殷地在和火苗比艳丽。腿骨露出来了，张不三用刀刃在骨头上嘎吱嘎吱地刮着，直刮得没有了一丝筋肉，刀子上覆盖了一层薄薄的骨粉。李长久的忍耐终于到了极限，神经一根一根地绷断了，生命处在崩溃的边缘，知觉正在消逝，痛苦已经离他而去。张不三站起来，把刀交给宋进城，淡淡地说："你来割吧！"宋进城没有割。他过去摸摸李长久的鼻子，觉得还有气流呼进呼出，便抬手一刀扎向他的心脏。他没有拔刀，双手塞到他的腰肋下面，将他滚向了火堆，然后就去刨开积雪捡来一些枯枝，堆在了死者身上。火势蓬蓬勃勃地向四周蔓延。围子人出发了。他们带着干粮，带着太阳也无法匹敌的人欲的烈焰，风风火火地走向黄金台，抛在身后的是回家的念头，是那四辆已不能在积雪中行走的手扶拖拉机。

第九章　荒　雪

谷仓人重新占领黄金台的目的似乎仅仅是为了一种莫名其妙的炫耀：他们收复失地了，他们最终是胜利者，最终是由他们主动撤离黄金台的。至于那沉甸甸、亮闪闪的黄金是在手中还是在地中，早就不去想了。

他们在黄金台上眺望四方，耀武扬威地四处走动着。谷仓哥哥发现，西坡上的通地坑虽然已被泥石淤平，但坑沿坑口的痕迹依旧赫然在目，就像一口没有了底子的扁锅搁在地上。他叫来几个人，经过一番修整，坑面就变得和别处一样平光了。如果谁要再来寻找，非得把整个黄金台细细勘察一遍不可。他觉得这还不够，还不能完善地表达自己的心愿，便在离坑不远的一块突起的岩石上用围子人留下来的锅墨子歪歪扭扭写出了几行字：

一九八二年夏秋，围子人张不三带领千名淘金汉，挖坑百丈，只有青石三块，并无黄金埋藏。后人永记。

他写完了，挺满意地端详了半晌。文字虽然夸张了些，但不夸张就不能起到警告作用。他要让现在和将来的黄金狂们明白，既然千名淘金汉挖坑百丈都没有挖到金疙瘩，那就别再轻举妄动了。别的谷仓人站在他身后，对他这种做法啧啧称赞。他们觉得，即使坑下真有金疙瘩，谷仓人是绝对没有魄力和能耐捧到手的，而他们自己捧不到的，也决不希望别人捧到。

该是离去的时候了。象征孤独的天空继续飘洒惨淡的白雪。家乡不也是个白雪铺满农田村道的地方吗？鸡鸣狗吠，袅袅炊烟，女人的唠叨和她们在男人怀里的沉默，仿佛已经十分遥远了，却又带着恬静温馨的味道环绕在他们的记忆里。绕来绕去，绕出了乡音的呼唤，房檐上的和尚鸟已在那里敲出清越的梆子声了："哥哥来，哥哥来。"回吧，回吧，每个人都在心里催促着自己。他们本来打算在西坡石窑里住一夜，明天一大早上路。现在不了，大雪迫人离去，食物也所剩不多了。更重要的是，黄金台上没有点火的柴草，夜里冷冻难熬，不如把夜晚打发在行路上。当然，谷仓哥哥还有一件压倒一切的事情需要马上去办，那就是把驴妹子接到自己身边来。阿哥瘫了，嫂嫂待他好，嫂嫂常说："你啥时能娶个媳妇？"

就在他们吆三喝四地准备出发时，金场管理所的人登上了黄金台。那些人不吭声，亮闪闪的眼光在他们身上扫来扫去。谷仓哥哥明白了，管理所的人不就是冲黄金来的吗？他笑呵呵地说：

“你们不去找有黄金的人，来这里做啥？这地方就我们谷仓人。”

“我们就是来找谷仓人的。”说话的青年和他见过面，这回脸上显得比别人凶狠些。

“找我们？我们放水了，可没淹死人。”

“死人活人我们不管，我们就管黄金。”

“驴进到狗窝里圈不下，那是他进错了门。黄金有哩，在张不三身上。”

“张不三是谁？”

“围子人的金掌柜，一个长脸突嘴三角眼的畜生。”

他们互相看看。那青年又道：“你们没有黄金，来黄金台干什吗？”

“来黄金台就该有黄金啊？”谷仓哥哥吃惊道，“不信你们搜。”他只能这样，因为他再也不能耽搁时间了。他心里揣着不知比黄金重要多少倍的驴妹子。

他们没有搜，经验告诉他们，面前这些淘金汉是诚实的，即使有金子，那也不过是从上百吨砂石里淘洗出来的一星半点。他们犯不着和这种人过不去。他们撇开谷仓人朝石窑走去，期望在那里有所收获，哪怕是一点能够证明确实有过大金子存在的线索。不然就是那个叫张不三的人欺骗了他们，他身上可是有块大金子的，少说也值两万块钱。这时，谷仓人刻不容缓地离开了黄金台，直奔积灵川的那片土坯房。旷原上，一群黑压压的人流和他们相望着过去。谷仓哥哥喊道：

“都啥时候了，还往那边走。小心风雪堵死你们的路。”

“别给我们摆迷魂阵了。谁不知道谷仓人掘开了金窝窝，黄金台上有成堆的大金子。敢情你们已经从谷仓人那里得了一份，裤裆里头装不下了。小心啊，别撞上了缉私队。”

谷仓哥哥吓了一跳。他身边的伙计们也都屏声静息地板滞了面孔，似乎只要一出气，那好几百人就会嗅出谷仓人的味道，扑过来将他们撕碎。他们继续往前走，碰到的人群越来越多。他们心惊肉跳地互相看看，侥幸地直吐红舌头。

两个时辰后，他们来到积灵川。等待谷仓哥哥的是寂静和空幻，那间土坯房里冰凉彻骨，和白茫茫的荒野一样让人绝望。谷仓哥哥搓着两手，忧急地踱步，忽又闪着泪花哀求自己的伙计们：“等等我，我就回来。”他是一定要去找她的。伙计们都不想等，但碍着面子只好点头。有人嘀咕：“等在这里还不如一起去找，走一走身上也热乎些。”别人想一想也对，就稀稀拉拉跟在了金掌柜身后，满荒原转悠着去寻找他的情人。

而这时，在他们离开不久的黄金台上，一场残酷的屠杀刚刚结束。当包括围子人在内的数万淘金汉陆续登上黄金台，当他们互相碰撞着四处走动了一会之后，就明白自己白跑了一趟。黄金台上什么也没有，有的只是茫茫大雪的覆盖，是空前寒冷的感觉。他们用各种粗俗的语言表示着愤懑，又不知该把壅堵胸腔的恶气发泄到哪里。

“日他祖宗，我们可是豁上老命来的。”

络腮胡子的吼叫让许多人明白：有人骗了他们，不仅仅骗他们白跑了一趟，更重要的是想骗取他们的性命。恰在这时，金场管理所的人走出了西坡石窑。他们在里面用手电筒细细照了一遍，不断商议着，排除和肯定了许多可疑之处，最后决定迅速奔赴唐古特大峡口，堵住随时都有可能溜出古金场的张不三。因为现在看来，只有他才能进一步证实情况的真伪，即使问不出什么，没收他那块不同寻常的大金子，也是本年底的最大收获。但他们的行动太迟缓了，刚走出窑口，就见淘金汉们已经堵住了去路。带伤疤的青年敏锐地意识到危险就在眼前，迅速脱去了出发前刚换上的制服，小声道："狗日的们不怀好意。千万不要硬来，让你们下跪你们就跪，让你们叫爹你们就叫。"说罢他朝前跑去了，纵身一跳，消失在一座雪包后面。

他的预感是正确的，因为他曾经吃过亏，额上的伤疤就是证明。但他仍然没有估计到事情的严重程度。此刻，和淘金汉们一起存在的只有仇恨和疯狂。而管理人员的出现，却使笼罩在黄金狂们眼前的迷雾消散讫尽，仇恨的目光终于有了着落点。

如果没有一堆一堆的大金子，这些以猎逐黄金为天职的公家人来这里干什吗？许多淘金汉都这么想。更重要的是，在古金场，在淘金汉眼里，管理人员本身就是一种敌意的存在，他们来了，就等于剥夺了别人获得大金子的权利，就等于层层乌云湮没了淘金汉们心中期望的太阳。

这时，除了没有找到谷仓人的围子人在张不三的指挥下正悄悄朝下转移外，别的淘金汉都簇拥了过去，将管理人员团团围住。他们既没有让对方下跪，也没有心思让自己当爹，更不愿意拖延时间，七嘴八舌地呵斥着，要对方把大金子拿出来。那些人顿时没有了往日的风度，结结巴巴地说了一大堆"没见到金子"之类的话。

"打！往死里打！"

人群中，杨急儿浪叫一声。他大半辈子都在古金场抒发豪情、经验和胆略，再加上过剩的精力、强健的体魄和狡诈凶悍的性格，使他每年总要比别人多一些收获。正因为这样，忠于职守的管理人员没少找他的麻烦。一想到以往年份里，自己因不愿把金子交售给国库而被迫东躲西藏的情形，他就觉得连自己的九曲回肠都想变作一根鞭子，缠在这伙公家人的脖子上，将他们活活勒死。他试图扑过去，但密不透风的人群将他挡在了拳打不到、脚踢不到的地方。

“打！往死里打！”他更加粗野地喊起来。

淘金汉们动手了，一股巨大的积淀了无数时光的蛮力支配了他们。似乎只要对方一个个倒下，大金子就会络绎不绝地来到他们面前，就会熠熠煌煌地流淌出金子的梦和梦中的金子。

撕心裂肺的惨叫，剧烈扭曲的身体，从眼睛里冒出来的血水，因痛苦而被自己的牙齿咬断了的舌头，开裂的肚膛，稀烂的皮肉，像卵石一样挤向一边的眼珠，最后一口艰难的呼吸。管理所的六个男子汉须臾被乱脚踩成了肉饼。肉浆之上断裂的骨头狰狞地交错着。杨急儿懊悔得连连摇头，因为他竟然没有挤到前面去，在践踏血肉的舒畅中留下自己的足迹。血水肉泥中没有大金子，撕碎的衣服中也不露半滴金光。人群哑默了，就像上次登上黄金台那样。杨急儿带着自己的人率先走下了黄金台。

荒原已是一片寂灭前的动荡。

云雾一层比一层阴险地压下来，几乎可以摩着他们的头顶。大风呼啸着奔走，雪片在空中旋起一阵阵庞大的湍流。淘金汉们的心像被一只大掌猛拍了一下，他们幡然惊悟：

雪灾降临了。

古金场已经隆起了无数雄阔的雪梁，一波接着一波，茫无际涯。而这比起漫天鼓噪的雪花来，不过是抹了几笔薄薄的底色。死亡的威胁再也明显不过了。它强烈震颤着对自然变化十分敏感和恐惧的人们。数万黄金狂此时抱着一个共同的愿望：迅速穿越唐古特大峡。不然，他们将会困厄在荒雪之中，茫然无措地去迎接那个生命顷刻变作腐朽的黎明。除了由张不三率领的复仇的围子人外，别的人群都开始大踏步溃退。黄金失色了，物欲被抛远，只有逃生的想法主宰着他们。他们像股股黑风，咆哮着掠过白色原野。

唐古特大雪灾以它的博大和无与伦比的威严，正在悄然消解着古金场的一切怨怼和残杀。

遗憾的是，命运留给黄金狂们逃生的时间已经被黄金台、被他们自己燃烧的欲火、被那些山峰一样崛起的仇恨耽搁了。黄金像媚态的狐狸一样诱惑了他们，和死亡一样宁静的白雪又将他们驱逐进了唐古特大峡敞开的峡口。谁会想到，那竟是天坟地墓的门户呢？

雪崩发生了！

那时辰是傍晚。数万淘金汉沿着峡谷蜿蜒如蛇的通道迤逦而行，脚步都迈得飞快。人人争先恐后，稍一迟缓，就会被后面的人超过去。他们有的身上带着金子或钞票，有的囊中空空，徒然来古金场抛洒了几滴热血，发了财的自然比没有发财的走得更快些，就是说，他们更加迅速地走到了路的尽头。只有杨急儿例外，他身上既有钞票又有金子，却落在了人群后面。天上地下和人们阴沉沉的脸上都布满了不祥的征兆。他预感到大难就要临头，即使两边静穆的山体稳实牢靠，天也会塌下来。他不想走。他想返回古金场，只是没有下最后的决心。

后来，他回头瞧了一眼自己走过的雾蒙蒙的路，发现没有一个人跟着他，跟着他的是几只嗥叫不已的红狐狸。他立住了，等待着狐狸走近自己。他不知自己为什么要这样做，因为他从来就不相信红狐狸代表吉祥的说法。大概是靠了一种天启神授的感悟，他突然意识到狐狸在跟踪食物。而他绝不应该是它们的食物。他健康地活着，年过花甲，不老不衰，浑身的每一个细胞都在更新，每一根黑毛都在发亮，每一个意念都是为了追求，每一种举动都是为了破坏或创造。他的畅通无阻的血管里注满了红光紫气的O型血液，永远地沸腾着。不错，不是他，是他们。狐狸的食物也许就在他前面的那些淘金汉中。他想到这里便庆幸地舒了口气。

那一刻，狐狸也立住了，并且不再嗥叫。不再嗥叫的狐狸扬起了脖子节奏明快地做着深呼吸，陶醉在被它们嗅到的那股神秘的气息中，柳叶般的眼里盈盈地洋溢着向往幸福和餍足的神采，红红的皮毛形成了动态的光明，莹莹烨烨的亮泽晕散出绚烂的波环。突然，它们动荡起来，灵性地幻化出一片神奇的红色清漪，炫示了片刻，便轻捷地朝古金场跑去，像一河流淌着的燃烧的黄昏。

杨急儿回身望望远去的人群，发现在他关注狐狸的时候，他和淘金汉们的距离拉大了。他继续走路，越走越慢。半个小时后，他又一次立住了。他发呆地瞩望前方，就像一个星球瞩望着另一个星球。

雪崩！

瑰奇的山脉如蟒蛇奔驰，发出阵阵轰轰隆隆的巨响。无数白色的流星陨落了，雪粉像云海一样在峡谷上空翻卷，冰块组成的瀑布自山顶倾泻而下，一泻千丈。风凄厉地呼啸着，又被雪峰撞回来，困兽一样左冲右突。人的惨叫声此起彼伏地在峡谷间回荡，很快又变成了悲烈的嘶喊。黑色的人影杂乱无章地涌前涌后，离开了身体的头颅和手臂浪花一样飞起来。一眨眼，人影不见了，惨叫消逝了，一切都殁入了鬼魅出没的白色深渊。喧嚣的自然之声飞遁而去，沉默回归大地。——唐古特大峡，被万年残酷撕裂的荒原的腹腔，霎时成了张开在地球表面的万丈恶灵之渊。

这是二十世纪八十年代初的一个冬天，是发生在地球之上、中国西部的一种万众一心走向灾变的悲惨举动。数万淘金汉分别来自青海、甘肃、新疆、四川、宁夏五省区。他们中的许多人在此覆灭，尸骨无存，只留下眼望雪峰摇摇欲坠时的惊叫，只留下雪石冰岩掩埋人的一刹那，生命的最后一声哀鸣。这惊叫和哀鸣变作浆汁，渗入冰岩，浸入时间，在不朽的大峡中日复一日地显现着，石破天惊。以后的岁月里，来寻找丈夫和亲友的男女们在傍晚的寂静中站在峡内聆听了片刻，就发现神经的承受能力是极其有限的。人，尤其是女人，不能在想象那种残酷的场面中活得更好更久些。他们或者疯癫，或者早死。

在寂灭来临的整个过程中，杨急儿一直立着。半夜，他坐下了。他淡漠着死亡，并不担心自己头顶的冰雪也会砸下来。黎明时分，他僵硬地站起，没再考虑自己是否返回古金场的问题，顶着风雪朝前走去。经验和胆量帮了他的忙，他想到的是雪崩与雪崩之间一定有间隙，而清晨又是最冷的时刻，也是雪石冰岩紧拽山体不放的静静的一瞬。他越走越快，傍晚到来之前，他甩过去了那几座最危险的山影，吼喘着展展地趴到雪地上，面朝古金场号啕大哭。在参与兵变和六十二岁之间，这段漫长的岁月里，他第一次有了用眼泪洗涤灵魂的悲恸。

要是驴妹子一直在爬动，她一定会被人发现的。她爬过了一个漫长的雪夜，爬到了黄金台，之后她就停下了，似乎已经到了生命的另一端，她眼前一片混沌，天是白的，地是白的，她的脑海里也是煞白煞白的，除了极度困乏，除了腰腿不听使唤的焦灼，什么感觉也没有。肉体和心灵的痛苦好像已经变作爱情的旖旎风光浮游在她朦胧的眼里，她只感到自己就要化成一片轻柔的无知无觉的雪花，飘摇在原野上。她想不起自己是怎样爬到这里的，开始是靠着毅力和对张不三的仇恨，后来就变成了机械的下意识的举动，反正只要有一口气就要往前爬。现在，她终于爬不动了。她将脸贴着积雪，伸出舌头轻轻舔着刚刚落下来的雪花。她感觉不到冰凉，因为她浑身的温度差不多和积雪一样。她一动不动，雪很快覆盖了她身后爬行的痕迹，也覆盖了她自己。她和四周趋于一致了，茫茫雪原上又多了一个隆起的小雪丘。

“谷仓哥哥。”在雪丘中，她叫着他的名字。一股甜丝丝的情绪的热流在她心里汪成了一片洁净明亮的湖，她的脑海里也升起了他那张俊气的面孔，冲她温存有情地微笑。就在谷仓哥哥的微笑中，她昏然睡去了。

雪在她身上越盖越厚。

她做着梦，做了许多梦，仿佛一生中经历过和企盼过的所有美好情景都串联在了一起，一幕幕地忽隐忽现着，和煦的春风吹暖了萧索的记忆。最后一个梦却是噩梦，有人拿了一根烧红的铁棍戳穿了她的前胸后背。蓦然之间，她感到浑身滚烫，感到窒息，感到有人正冲她吼叫着扑来。她慢慢地又醒过来，蠕动了一下，又动了一下，雪丘的四周有了裂缝，一丝凉意直钻她的喉咙，一束微淡的亮光霎时刺开了她的眼睛，两股热乎乎的泪水淌了出来。她当然想不到自己应该感谢大雪的覆盖，更想不到是覆盖之后产生的温暖融化了她僵硬的身躯。胸口的憋闷越来越明显了，除了雪没有什么东西朝她扑来，但吼叫声却真真切切存在着。她歪斜着头，从积雪的裂缝中望过去，看到离自己只有五十步远的地方，谷仓哥哥和他的伙计们立着，石满堂也立着。她平静地望着他们，没有发出任何声响，因为她觉得自己还在梦中。

石满堂浑身披雪，端着一把和雪色一样寒光闪射的铁锨，像一头凶猛的雪狮子，愤怒地咆哮："把驴妹子交出来！交出来！"他独自一人在积灵川、黄金台和唐古特大峡口之间已经走了两个来回。当他终于碰到谷仓人的时候，只觉得如果今天不来一番你死我活的搏斗，那他就等于白活在了世上，白爱了驴妹子一场。

被他拦住的谷仓哥哥目光黯淡，身上的每一条血管似乎都被冻僵了，像粗铁丝那样铮铮抖颤。

"我们也在找，也在找……"

石满堂不相信，把刚才的话又吼叫了一遍。谷仓哥哥不想再回答，有气无力地摇头。这就更使石满堂愤怒。他跳过去，疯狂地撕住他，将他的双腿从积雪中拎出来，又使劲一摔。谷仓哥哥倒在地上了。石满堂忽地举起了铁锨。但没等他拍下去，他就被别的谷仓人从后面抱住了。谷仓哥哥爬起来上前夺过铁锨，威胁地在他眼前晃动。石满堂轻蔑地望他，望见一片绛紫的阴影正在谷仓哥哥脸上悄然驻足。他甩动身子奋力挣扎，看挣不脱，就反手撕住后面人的裤子，将那人的双腿撕离了地面。那人倒地了，他侧身一脚踢在那人的下身上，又回头扑向谷仓哥哥。谷仓哥哥浑身一抖，手中的铁锨唰地横了过来。锋利的锨头恰好打在石满堂头上。一片黑色的东西飘然落地，石满堂停下来看看，发现那是自己受之于父母的头皮和头发。他狂怒地蹦起来，犹如一头困兽果敢地用头撞向坚固的铁栅栏。谷仓哥哥手中的铁锨炫耀着冰凉寒彻的白光，再次铲过来，铲向石满堂的脖颈。似乎天空骤然下跌，他被裹缠在恢宏的气雾中上下翻滚。黑暗抓住了他，一股空前超然的感觉占据了他的全部意念，他迅速而幸福地解脱着，稳稳实实地倒向大地。身首快意地分家了，雄健的头颅在滢润的雪地上睁着双眼，依依不舍地告别着大地的静美和悲怆；身体无声地痉挛着，像一头奉献胴体的牛，血色的泉眼中汩汩地冒着葡萄酒一样的液体。春天，它将和积雪一起汇入积灵河。

谷仓人呆然木立。他们的金掌柜恐怖地扔掉了手中的铁锨。不远处被雪覆盖着的驴妹子正在经受更为残酷的感情的劫难，一张无形的大口有滋有味地咀嚼着她的大脑，试图咬死她沉重的思念。她想喊，但舔过雪的舌头固执地粘在牙齿上怎么也喊不出声来。她明白自己不是在做梦，两眼睁得比以往任何时候都大、都明亮、都清澈，灿煜的光波在两汪水潭中滢滢闪动，谷仓哥哥便成了这水潭中的一头阴毒的黑色蛟龙。男人，为什么都这样凶恶呢？对生活，她现在似乎就只有这一个疑问了。

石满堂的尸体正在被大雪掩埋，已经形成雪丘的地方烙印着散乱的足迹。足迹朝哪里延伸？人们询问地盯着谷仓哥哥。谷仓哥哥默默扭转身子，仰望西坡上的石窑。他不好意思再要求大家跟着自己，却又想让他们跟来。他必须去石窑里看看，这是他最后的希望。因为他实在怀疑驴妹子会撇下他兀自离开古金场。她没在土坯房里等他，那就有可能来找他。

伙计们明白了自己的金掌柜想去什么地方。他们现在只能跟着他。用不着互相提醒，大家已经意识到自己的处境了。隆起的雪梁和没膝的积雪像没有尽头的海洋阻拦着他们，他们唯一的选择便是留在古金场，在雪海雪浪来不及淹没他们之前，躲进石窑，像虫群集体冬眠那样龟缩着苟延残喘。

他们吱嘎吱嘎地迈动了脚步。谷仓哥哥感激地望望他们，急切地朝上走去。

驴妹子凝视他的背影，久久不肯移动眼光。她的舌头已经能够活动了，只要她颤动嘴皮叫一声，纯净的荒风就会把它当做救命的呼唤送入谷仓人的耳朵。但她没有这样做。她之所以望着他，也许仅仅是为了最后的送别。她的明眸里漾满绝望和悲哀，发现那个善解人意的俊气的谷仓哥哥已经走出她的心灵，走得很快很远，远得也许连他自己都感到惊讶。她又开始爬行，双肘蹭着积雪，下巴使劲朝前够着，仿佛一个受伤的动物在逃避猎手的追捕。她朝来的方向爬去，一点一点地离开了黄金台。深深的雪沟拖在她身后，越来越长了。

男人，为什么都这样凶恶？她还在想，思虑绵长得如同人类幻想黄金的历史。

一心想复仇的英雄的围子人这时依然暴露在风中雪中。当数万黄金狂一堆一堆地撤离古金场，用逃生的疯狂朝唐古特大峡奔腾而去时，张不三却带着他的人在四处乱窜着寻找谷仓人。他们去了积灵川，去了唐古特大峡口，又回到桦树林的边缘。突然，一切都沉寂了，茫茫荒原上刹那间消逝了人迹兽踪，黄金台已变作白色海洋中的一叠雪浪。纯净的雪浪毫无污色混杂，血腥的气息和残杀的痕迹荡然无存。围子人只能看到自己的身影，仿佛老天爷把整个世界都慷慨地送给了他们。张不三不知不觉放慢了脚步，最后停下了，身后的伙计们也都围过来。他阴冷地扫视他们，也就等于摆明了所有事实：他们已经被一种无法抗衡的巨大天力绑缚在雪野里了。唐古特大雪灾，早已有过人死兽亡鸟飞绝的记录，如果他们被饿死或者冻死，也不过是这历史记录中最为轻描淡写的一笔。

“掌柜的，你说这谷仓人哪去了？”有人懵懵懂懂地问。

“喂狗了！”

人们从张不三的口气中听出他已经愤怒到极点，没敢再说什么。这时宋进城喊起来：

“看，人，是谷仓人。”

有几个人攥紧手中的工具，朝黄金台走去。张不三没有动。那几个人回头看看。

“别去了！”他吼起来，鼻翼剧烈地跳动了几下，抬头望着倏然变得低矮了的黄金台，内心空落落、凉飕飕的，有了一阵空前沉重的悲哀。他恍然觉得在这茫茫无际的唐古特大雪灾中，人与人的厮斗简直就是蚂蚁斗蚂蚁，可怜得不值一提。雪原之上，偌大的白色天盖超然而冷漠地俯视着他们，连一声遗憾的叹息也没有。赶快离开这里。他对自己说着，一把拽住一直紧靠在身边随时准备出谋划策的宋进城。

“快！”他吞咽着风雪大声道。

“登上黄金台？”

“不！赶快走出去！”

宋进城使劲摇头：“来不及了。”

“来不及也得走。”

宋进城望望周围一大片冻得瑟瑟发抖的人：“我说，我们还不如进石窑。”

“谷仓人早占了。”

“黄金台东边的石窑，是空的。”

张不三苦笑着还想说什么，一股雪粉扑来，呛得他一阵猛烈的咳嗽。他连忙扭过脸去，就听顺风刮来一声焦急的喊叫：

“掌柜的，我们等死吗？”

“走！还站着干啥？快走！”可张不三是逆着风的，除了宋进城，谁也没听清他在喊什么。

“冲上去，抄他们谷仓人的老窝也行。可眼下，你要吃他，雪要吃你。谁想死在这里呢？”张不三知道自己说话别人听不见，举起胳膊胡乱挥动着。宋进城急得大叫：

“要回去我们就得死在半路上！”

张不三不再理他，吃力地抬起脚，又插向疏松的积雪，没走几步，就觉得大地死死拽扽着他，这拽扽是人体无法摆脱的。但他没有停下，因为身后紧跟着一片黑压压的人群，就像一张铺在地上的偌大篷布，全靠他的牵引才能够匍匐行进。雪染天际，白茫茫一片真干净，干净得让人失望，让人精神顷刻崩溃。不一会儿，张不三就发现他身后的人越来越少了，远方，积灵河冰封雪盖的地方，那些以宋进城为首的掉队的伙计们已不再走动了。他用手不住地拨开那道就拉在他鼻尖上的雾帘，眯眼瞅了半晌，便声嘶力竭地发出了一声长长的号叫。仿佛他要用这种声音证明自己的存在，又像是他对可爱的黄金台的最后一声道别。

“你们回去吧！”他凄哀地说，“听宋进城的，没错。唐古特大峡，过不去了。”

他身边，那几个早已失去了前进的信心却仍然盲目信赖着他的人惊呆了，插进没膝深的积雪中的双腿不住打战，僵硬的舌头已不能灵活转动，和雪色趋于一致的淡漠的眼光传递着忧惧的信息。

“我走了，反正是一死，但我不能死在谷仓人手里。”张不三一脚比一脚深地迈动着步子。

那几个人望着他，一直到雾岚掩埋了张不三也掩埋了他们的希望之后，才一个拖着一个，沿着自己的足迹，摇摇晃晃朝那一伙更无能更处在绝望边缘的人群汇去。他们看到，白色的地平线上，一只红狐一掠而过，留下一道霓虹似的弧线，随雪雾飘摇，久久不肯逝去。

大约三个小时后，张不三来到了积灵川。那几排石头房子带着宽大结实的帽子岿然不动。石头房子的主人，那些名义上来古金场维护根本不存在的秩序的人，那些经营食品百货的人，都已经离开这里，也许死了，也许仍然行进在逃离古金场的路上，而在杉木林这边，所有土坯房都已经被积雪压塌，女人们走了，破碎的墙垣，破碎的门窗，破碎的房梁房顶，把本来应该平铺在地上的雪被弄得凸起凹下、疙里疙瘩的。驴妹子的土坯房坍塌得尤其彻底，所有的东西都趴着，甚至连土坑锅台也给砸扁砸歪了。饥寒交迫的张不三一到这里就再也不想动弹。他那如同鹰鹫在寻找腐肉的可怕的眼光，扫遍了七零八碎的土坯房，又扫向四周。四周平整匀净，大雪像无数把神力无限的刷子瞬间刷没了他刚刚留下的脚印。他望了很久，明白他并不是在寻觅自己的痕迹。土坯房趴下了，驴妹子呢？难道她也像土坯房一样再也直立不起来了？他第一次对自己做过的事感到后悔，尽管他从来就缺乏对女人的温情蜜意，但现在如果有了她，他也许就不会产生那种自己就在坟墓中的幻灭感。他从原来是门的那个地方走进土坯房，脚步拖在地上，似乎想拖出昔日女人的温情和自己浪掷在这里的火旺精神。他如愿以偿，脚从积雪中碰出了一个罐头瓶，捂在瓶口的浑圆的形似紫皮洋葱的东西安然无恙，青嫩的茎秆依旧挺立着，老人须一样的洁白的细根依旧在瓶中展示风采。只是瓶子被砸出了裂口，渗干了里面浸泡根须的白酒。这是张不三从积灵川的山崖顶上采来的唐古特白花果。据说一座山上只有一棵，比金子更难寻觅，据说它是老天爷赏赐给狐狸们的宝物，是它们的繁殖之母、创造之源。一只雄狐狸吃了它，就能让全荒原的雌狐狸鼓起肚子诞生后代。张不三幸运地得到了它，用酒泡在瓶中给他滋生用之不尽的元气精虫。想和驴妹子睡觉时他就抿一口酒。那种神奇的升阳固本的效果的确可以使他的勃勃雄心持续到太阳升起，情欲的大水一夜出现七八次洪峰是绝不在话下的。可现在一切都已经非常遥远，空漠漠的雪原上除了死寂还是死寂。他惆惆怅怅低头望它，弯腰捡起，仔细端详着，仿佛它就能代表驴妹子的存在。一会儿，他从瓶中取出白花果，揣进了胸兜，然后把残存的力气聚攒到双腿上，朝前走去。

杉木林就要穿过去了。在他经过的每棵树上，都留下了他的手痕，因为他必须扶着它们才能挺直身体。他在杉木林的边缘停住，望着近在咫尺的石头房子，就像望着遥远的闪动着灯火的家乡的地平线。脚下的积雪似乎是一个仰躺着的大汉，正用一根粗壮的绳索将他死死困在原地。他大口大口地喷吐着白雾，颓唐地靠到一棵树上。他想象别人在这种时候会怎么样，想象驴妹子在手脚不自由的情况下是如何爬着走路的。她一定是死了，寒冷和饥饿也会像人一样残酷无情地对待她。既然这样，他为什么还要想到她呢？为什么急切地想知道她死在了哪里呢？唉，驴妹子，当黄金梦已经破灭，唐古特大雪灾悄然消解了人与人之间的残杀、仇恨之后，他发现自己能够想到的，只有驴妹子。他想着，身子离开了树干，颤颤巍巍地迈动了步子。无论石头房子里的温暖离人多么遥远，他都必须朝那里挪进，这是他现在活着的唯一目的。可他很快扑倒在地。他挣扎着想站起，但已经力不从心。就这样死了吗？他一遍又一遍地问着自己，回答他的是一阵劈头盖脸的轰击。头顶云杉的枝杈经不住积雪的重压，咔嚓一声断裂了。张不三被击昏了过去。

好像他并没有醒来，他正在去阴曹地府的半途中小憩。有个面熟的鬼魂走过来将他抓住，没完没了地冲他呵斥瞪眼，仿佛在说，不留下买路钱就别想通过这道门去见阎王。他看到面前的确有一道门，和人间那种司空见惯的门一模一样。他惊恐地连连颤抖，抖落了身上的积雪，抖得面前的雾障渐渐散尽。那个鬼魂的面容越来越清晰了，原来他并没有冲他瞪眼，只不过是在平心静气地说话。他说我认识你，你就是那个身上带着大金子的人。他忙将自己那只冻裂了的黝黑僵硬的手插进怀里，拿出那块金子，抖抖索索递过去，嚅动嘴唇，似在说：“放我过去，求你了。”那人不接话，问道：

“你说现在还能不能走出唐古特大峡？”

他嗯了一声。金子脱手掉下去，咣地碰到他身边的什么地方后又落在他的脚前。谁也不去捡。

“你说能走出去？你能把我带出唐古特大峡？你大概年年闯金场，有经验，你说到底能不能？”

他连那一声嗯也没有了。那人过来摇晃他的身子。他那被寒潮冻成了黑夜的头脑渐渐亮堂了，发现自己坐在一把椅子上，面前站着一个额上有伤疤的青年。

“你说话呀，我就是为了找你才到这一步的。”

“找我？”

“只要你能把我带出去，金子的事我就不过问了。”他说着，弯腰捡起那块金子，放到张不三手里。

“金子？”张不三脸上的肌肉突然抽搐了一下，金子从指间滑落到地上。他说：“你想要你就拿去吧。给我一碗水喝。”

水端来了。之后就不见了那青年，也不见了那金子。张不三喝完水，把碗扔到地上，碗碎了。他站起来走向户外，走向茫茫大野。

这已经是第二天的黎明了。

他昏头昏脑地走着，一串脚印就像一串拴在他身上的黑色锁链，在皑皑雪原上一会扭曲一会绷紧。这时他的肠胃不识时务地咕咕叫起来。饥饿的感觉倏然强烈到无法抵御。他浑身猛地打出一串冷战，双肩像扛了两座大山，压得他只想趴下。他的舌头吐了出来，眼球凸突着，瘪下去的肚皮腾腾腾地直跳。他知道饥荒年代留给他的饥饿劳困症又犯了，如果不赶快填些食物到肚子里去，他会像发疟疾一样，打摆子一直打到死去活来。他毫不犹豫地拿出了揣在怀里的白花果，咔嚓咔嚓一阵大嚼。就在这个时候，奇迹突然迷乱了他的眼睛。他看到雪地中央燃烧着一片灿烂的霞彩。

霞彩跳跃着，团团火苗忽东忽西地蹿动。他睁大了眼睛，很快看清，那霞火就是生命，就是一群美丽而迷人的狐狸。冬季猝然而至，它们来不及蜕去火红的毛色来和大地保持一致。它们也和人一样迎受着雪灾的围困，不得不改变独往独来的性格，群集在一起行动。而它们群集的首要目的便是寻找食物。面前的这一群狐狸少说也有五六十只。它们在干什吗？如果不是为了争抢食物，它们怎么会那样充满活力地来回蹿动呢？张不三猛踢着雪粉走过去。

一地霞火顿时裂成了许多碎片。狐狸们似乎明白自己对人类犯下了罪恶，望着这个逼过来的人，散散乱乱地朝后退着，几声哀鸣之后，便朝远方飞奔而去，如同一阵火红的飙风，很快消逝了。

在它们刚刚待过的地方，积雪被踩踏得坑坑窝窝，雪浪搅起许多脏腻的漩涡。人血一摊一摊凝固着，像飘零于雪原上的胭脂。完整的骨架上还残留着一些鲜红的筋肉，洒着雪粉，就像洒着调味的盐末。四周是无数红狐的爪印，如果不是亲眼看到它们，一定会让人觉得这是从唐古特大峡中飞逸而出的阴间鬼魅们寻找替死鬼的足迹。

还有一样东西是最重要的，那就是被利牙撕碎的衣服：蓝底白花，白花和雪色一样纯净，而那蓝色仿佛是躲在浓雾后面的蓝天的碎片被大雪裹挟到了这里。

这就是驴妹子毁灭的遗迹了。张不三呆立着，突然冷笑了几声。他在笑自己，笑所有的活人。他觉得自己仿佛生活在一个鬼的世界里，而所谓生命不过是不断壮大这鬼蜮行列的不尽不绝的源泉；觉得死亡并不可怕，可怕的是带着仇恨活着，像他一样，像杨急儿和谷仓哥哥一样，像所有他见识过的来古金场抛洒热血的英雄好汉们一样。

过了很长时间他才继续往前走。他知道唐古特大峡已经穿不过去了。他想到了他的伙计们，想到了黄金台。

围子人再也爬不动了，展展地用整个身体紧紧贴着地面。黄金台东边陡峭的雪坡上，几百条汉子如同几百条半死的蝮蛇，在爬上去的地方硬挺着稽留了片刻，便再一次一个接一个地顺坡滑了下来，终于又挤成一堆了：喘息，叹气，目光无神地仰望台顶，互相用手拉一拉，证明他们还没有被死神的大手抓起来抛向黑暗。西坡的石窑里有谷仓人，他们只能占据东坡的石窑。所以，面前的坡面无论怎样滑溜，怎样轻率而不近人情地拒绝着人的靠近，对他们来说，也是阳世中唯一通向希望的路。

石窑高高在上，也像人望它那样睁开黑幽幽的眼睛，鸟瞰着他们，冷峻、淡漠、怅然无绪。

“不想死就得……上、上。”

宋进城已经无力说话了。但他觉得这些人都是跟着他的，跟他活命，也准备跟他死亡。他没有理由先于别人倒下，更没有理由在还有一口气、还能抗争几下的时候，让大家泄气。他又挣扎着率先朝上爬去，刚爬上去约有十米，却被一阵陌生而忧郁的喊声喊没了力气。他两手一软，哧溜溜地滑下来，咚的一声，摔得他鼻涕唾沫直往外流。

那声音随风飘远了，雪雾渐渐拉开。谷仓哥哥和一个年轻健壮的谷仓人就站在台下离他们不远的雪梁上。

“有吃的吗？”谷仓哥哥又喊了一声。

围子人惊悸地瞪视他们。

“喂！你们身上有吃的吗？”

“有！”宋进城张大嘴，好半天才吐出这个字来，然后就僵硬地闭上了嘴。

“跟我们来吧，西坡好上。”谷仓哥哥又说。

人们看看宋进城，想从他脸上看到去还是不去的表示。可他的脑袋却疲软地耷拉了下去。伙计们什么也看不到了。活路的突然出现一下子掏空了他不愿向死神投降的灵气和力气，希望的荫翳在带给他欣慰的同时，又整个遮罩了他那心灵通向光明的眼睛。他趴在雪堆上，用僵硬的舌头封闭了呼吸的嗓门，荒原的洁净清亮的空气只在他嘴边徜徉。此刻，金碧辉煌的宇宙已经渺茫，浪漫的黄金人生冰雪一样浪漫地消融着。他的头变成了坚固的花岗岩，横挡在黄金铺垫的道路上，他一辈子的心思全都袅袅地飘上古金场的领空，那是永远散不尽的云。生命淡淡地随风去了。

围子人一个个泫然泪下。他们觉得他不应该死，便擦掉眼泪，抬起他，盯准两个谷仓人的背影，朝前吃力地趱行。西坡石窑里的全体谷仓人默默地接纳了他们，分食着他们身上的干粮。当又一个早晨到来的时候，这场浇熄了人欲和战伐的荒雪终于停了。黑云青雾悄然遁去，世界一片空白。寂静如同无浪无波无形无色的海水，淹没了茫茫古金场。昨天阳光下的呐喊在今天的忧郁中变得淡远悠深了。旷古的白色之上，飞翔着和平的气流，到处都是原始的明朗与柔和。

第十章 火狐狸

古金场陆陆续续来了一些女人。虽然她们都清楚丈夫或儿子已经被冰雪无情地埋葬，但她们还是坚定地穿过唐古特大峡，聚集在积灵川想看看这片迷惑了男人们的荒原。好像男人们依旧在这里打着喷嚏生活；发愤地在阳光下拉开马步，挺起腰杆，不停地挥锨抡镐；油汗滚动，散射片片铜光，夜晚的鼾声满荒原都是，如闷雷滚过天空；又要转移金地了，远方近处浓浓淡淡的写意般的山脉，莫不就是他们跋涉的影子？积灵川还残留着女人的香泽和积雪消融后裸露而出的她们的遗物。我的可怜兮兮的男人，明明知道你离了女人不行，可为啥还要放你出来，来这里寻找野女人，荡气回肠地消除你那见不得人的焦灼呢？金子，金子不是狗屎吗？有毒的狗屎要了你的命也就等于要了我的命要了娃娃的命。觉醒到金子就是狗屎的女人红肿着眼睛，哭涨了积灵河，哭绿了杉木林，哭得空气湿润凝重。那一种饱和了啜泣和积郁的秀色里，茫然盛开着火红的冰郎花，殷殷如血，如渗出地面的发烫的岩熔。雪青的七姊妹花灵巧地点缀在血色之上，还有一些金黄的分不清叶片和花瓣的臭牡丹，那是暖气流随手丢在地上的慰藉亡灵的纸钱。

这是第二年的夏天。

荒原比以往任何时候都更加专注地沉溺在它固有的静穆和混沌中。而女人们的伤感和惆怅却又给这混沌增添了一层潮湿和空幻。她们在一个雾茫茫的清晨恍恍惚惚离开了积灵川，先走的后行的，像逃难的人群洒满了漠漠荒原道。当第一拨女人来到唐古特大峡口时，那儿正在燃烧一场大火——几十群毛色斑斓的狐狸挡住了她们的去路。灵性的狐狸什么都明白，今年的荒原来的男人格外少，今年的荒原来的女人格外多，而且大都是痛苦不堪的寡妻寡母。它们知道女人是懦弱的，便聚集到一起肆无忌惮地用自己鲜艳的色泽炫示着它们的威武。而她们浑然不觉，只是惊怪地停下了。后面的人跟过来，女人们越积越多，海海漫漫地像在接受狐狸的检阅。又有几群狐狸从远方跑来汇聚在了这里，火势更旺，如峰如耸地布成了一片险恶的火阵。这些在整整一个冬天酣畅痛快地嗜足了人肉人血的畜生们，于夏天的清净明朗中很快又有了饥饿感。它们望着女人就像望着一堆堆鲜嫩过瘾的肉，贪婪的眼光和充满奢欲的鸣叫，让那些冲动地寻觅过金子如今已经瞑目的淘金汉们黯然失色。不能再等了，它们动荡着，一波一波的绚丽的浪纹卖弄风情似的徐徐涌进，又形成一个个状如花圈的图案贴着地面滑行而来——有多少女人就有多少花圈。直面畜生对人的红红火火的祭吊，她们惊骇地双腿打战，毛骨悚然的尖叫阵阵响起，一声比一声凛冽怪异。狐狸们听懂了她们的惧怕和乞哀，你争我抢地加快了速度。女人们散了，向四处奔跑。而狐狸们却更加团结地凝聚起了兽性的力量，一群狐狸只对准一个亡命的女人。只要她被扑倒在地，喉咙以上的头颅和喉咙以下的身体就会马上变得鲜血淋淋，女人的尸体横陈荒原，在红狐狸的覆盖下须臾变成了剔肉的骨架。更多的女人还在奔跑，更多的狐狸还在猎逐。古金场盈溢着稠乎乎的血浆。太阳正在泯灭，它把所有的火色都倾倒在了地上。于是荒原有了万丈火焰，有了照耀着整个宇宙的能量。

这一年，似乎全世界的狐狸都云集到了这里。它们是由数万淘金汉的血肉之躯从四面八方引诱来的，引诱来吞噬他们的女人，因为他们孤独的鬼魂需要亲人的陪伴。为了阴间的破镜重圆，狐狸根据老天爷的意志天使般慈悲地履行着它们的义务。

一个女人跑不动了，颓然倒地。几十只狐狸围着她翩翩起舞。她的漂亮感动了它们，让她多活几分钟，多在极度惊恐中战栗几下，便是它们对她的由衷赞美。咚咚咚咚，脚步声如同石碾滚过，一个满脸络腮胡子的大汉从那边跑来，那边是他藏身的密林。狐狸们重新编织着队形，舞蹈着闪开，转瞬散去。一会儿，这些狡猾阴险又美丽动人的畜生开始集体放屁，臊臭弥漫着，浓烈无比，呛得络腮胡子顿时感到脑袋上像顶了十万两金子，一个跟头栽了下去，正好栽到女人身上。她是闭着眼的，牙齿疾骤地咯咯敲打，两腿双臂乱蹬乱挥，脑海中狐狸正龇出利牙在她抖颤的双乳上来回切割。她的脚蹬住了他的下身，她的拳头好几次捶在他的脑门上。他倏然轻松了许多。

“起来！”他推推她，自己先站起。

她睁开眼。

他望望放完臭屁后得意扬扬远去的狐狸，又道:“起来，跟我走。”

女人直起腰，余悸未消地四下看看，腿一蜷，先是双膝撑地，之后就立到了他面前。他色眯眯地端详她。她低下了头。他朝密林走去。她猛抬头，脚步下意识地跟上了他。在狐狸和男人之间她选择了后者。

远方有了爆炸声，轰击着沉思在溽暑中的荒原。烟尘恣情地漫上半空，涂脏了澄澈的瓦蓝，半边天的灰黄，半边天的空蒙，制造着一个荒凉的谜。络腮胡子停下，眺望了一会，吐出一句让女人震惊的话：“日女人日出响声来了。”他回身攥住女人的胳膊，朝烟尘腾起的地方走去。

张不三看到杨急儿身边有个女人，才没有将炸弹扔过去。炸弹是自制的，在酒瓶里灌满炸药，插进雷管和导火索，用火柴点燃后扔出去让满荒原逞凶的狐狸血肉横飞。他身后不远处是受到他保护的几百个女人。在那一片黑色的川流不息的眼光前，他英雄般地显示着一个男人的威力。

“你来了？”

“炸狐狸！”

“还想捧大金子？”

“炸狐狸！”张不三把每个字都咬得清脆悦耳，想让对方明白在他眼里那一圈浓密曲卷的络腮胡子如同半截最动人的狐狸尾巴。而他来金场的目的就是为了让那些预示着灾难和吞食了驴妹子的畜生去做亡骨的陪葬。

“炸不得。”

“你是狐狸下的娃娃？管毬的事情多。”

杨急儿丢开那女人，摆出一副挑衅的架势：“你要是再炸，我剥你的皮。”

“那就剥吧，反正我已经炸了。”

杨急儿袖筒一张，一把尖刀就握在了手中。张不三朝后一跳，就势滚倒在地，尖刀嗖地从他头顶掠过。杨急儿见没刺着，便扑过去用身子压住他，一拳打在他的太阳穴上。张不三恍然记起去年他和杨急儿相约在古金场重逢的事情来，又恍然觉得杨急儿的出现意味着一切恩恩怨怨的了结。他头一歪，说：

“老哥，我听你的。”

杨急儿又给了他一拳，这才站起，蛮横地拉着那女人朝回走。前面是密林，穿过密林就是积灵河，沿河行走不远就是积灵川。

这夜，所有稽留荒原的人再次住进了积灵川，清晨薄雾时分，一个丰满端秀的女人从原是金场管理所的那间房子出来，钻进杉木林解手。一个黑影从房背后鬼头鬼脑地绕到门口，侧身溜了进去。杨急儿还在睡觉，朦朦胧胧觉得有人在掀被子，以为是女人解手回来了，翻了一下身，将粗壮的胳膊搭过来，一下没搭着，就糊里糊涂说：“尕肉儿，过来。”张不三赶紧缩到炕沿下，静等片刻，听杨急儿又打出了轻微的鼾息，手便探进被窝，将一个拳头大的用麻绳扎紧的布包放在了他的大腿下面。布包上连着一根导火索，长长地拖向门外。张不三蹑手蹑脚出来，在门口划着火柴点燃了导火索。噗噗噗的声音按照张不三的愿望欢快地朝前蹿去。张不三关好门，直奔杉木林。那女人白生生的屁股还撅着，一见他，慌里慌张提着裤子站起，裤带还没系好，就被他拉转了身子。

“走，别回房去。”

女人不听他的，想回去。他攥紧她的胳膊使劲朝前拉。

“你不想出金场？跟我走。”

女人还是不愿意，脚在地上粘得更牢。这时轰然一声巨响，整个荒原醒了。

“他要不是个畜生，我也没有这最后一次。最后一次，你知道吗？我这是最后一次害人！”他冲女人吼起来。女人莫名其妙，但身子却随着他的拽拉移动了。

女人在张不三的百般照顾下走出了唐古特大峡。张不三没有动她一指头。“一个好人，就是脸面丑了些。”女人这样想着就跟他来到了围子村。

她结婚两个月后丈夫就去了金场，肚里没小的，膝下没大的。娘家婆家虽然都有老人，但也不会让她牵肠挂肚。在婆家她是殿后的老三媳妇，在娘家她是六姊妹中的一个。娘家父母养育了她却不疼她，婆家父母怪她俊秀，去井台上挑水婆婆也要跟着。现在好了，跟了张不三一切就摆脱了。女人一到嫁人的年龄就等于在重新寻找亲人。过去的亲人不亲了，找到的亲人又死了。死了再寻找，没有别的选择。她安下心来打算跟张不三过。而对张不三来说，这女人虽不似驴妹子苗条白嫩，但也丰满端秀得让人心疼。他可心可意，往日的奇情异想、凶狠残忍一概抹去，温存宽厚地待她，安分守己地过日子。他想，自己后半辈子大概就要这样平平稳稳地度过了。他用全部精力务劳自己的承包地和家里家外的一切琐事。女人的笑脸如同金子成了他最好的安慰。晚上，女人袒露着全部天性报答他带给她的幸福。他彻夜满怀抱着她，有时动作，有时平静，有时想着驴妹子，有时不想。第二年，女人给他生下一个小鸡鸡格外招人爱的娃娃。长势喜人，不到一岁，就可以不甚清晰地叫阿大阿妈了。闲时，张不三最喜欢让儿子骑在自己的脖子上，感受儿子肉乎乎、软绵绵的鸡鸡所造成的那种特殊的温热和满足。他希望儿子撒尿，觉得一泡尿就是一股暖流，会顺着他的脖颈流下去滋润满身沃土一样的皮肤。一旦撒尿，女人就会将儿子抱过去，拿一条手巾擦他的脖子，擦他的脊背，手在衣服下面柔情地滑动，那又是一种沁人心脾的舒适。

儿子幸福地大了。在甜甜蜜蜜的五岁的年龄里，他学会了观察，学会了说顺口溜，学会了判明最基本的善恶美丑。他顽皮得像一头野鹿，整天在村道上山洼里摸爬滚打，回到家一脸脏土一身泥巴，惹得女人本能地骂几句，在儿子身上又拍又打。尘土没拍净，儿子那脏兮兮的手就往灶火里伸，那儿总有吃的，烤得焦黄的洋芋或香喷喷的锟锅（一种煨熟的馍馍）。张不三在一边嘿嘿笑。儿子得势了，把学来的顺口溜尖声尖气喊一遍：

嚓巴溜毬嚓，
我的脖子比你大，
三间房子圈不下。

张不三不喜欢听最后一句，就打断他："进城城，买糖糖，吃棒棒，喝水水。”

“一老一少，没大没小，进城做啥？”女人嗔怪地说。儿子扑到张不三怀里，嚷道：“啥时去？就去？”进城是儿子的节日。

“你阿妈叫啥时去，我们就啥时去。”他笑望着女人说。

女人逗儿子：“明年去。”

“不！”

“明天去。”

“不！”

“后晌去。”

“不！”

“现在就去。”张不三道。

儿子跳起来，激动得用小拳头在父亲身上乱捶。女人进厨房用手巾包一块干粮塞给他。

“来去三四个钟头，哪里就饿着了。”

“不饿你就带回来，又不是千斤重万斤沉的金子。”女人将干粮塞到他怀里。

张不三牵着儿子的手上路了，没走出村口他就将儿子扛了起来。女人目送着他们，甜甜地一笑。

这是荒山泛出鹅黄嫩绿的春天。耐不住贫穷和寂寞的男人们又开始张罗着闯金场了。但他们已不是为了黄金，而是为了狐狸。据说唐古特狐狸皮在大城市里走了俏。因为它毛色鲜亮，被称为罕见的太阳自然色。无与伦比的轻暖柔滑令人叫绝，一种神秘的猎狐人所无法感受和理解的性感的光辉以极其隐晦的方式散发出来，魔幻般地增添着男士淑女的魅力。远在省城的贸易公司在各县设立了收购点，用三元一张皮子的低廉价格诱惑得人们心旌摇荡。县城街道上到处都是三五一堆的乡民。他们从各乡各村云集到这里，做着奔赴古金场的最后准备。张不三漠视着他们，心平气和地穿越在人群之间，儿子叉开双腿一直骑在他脖子上，手里已经多了一根长长的麦芽糖，仔细嘣着，舍不得嘎嘣嘎嘣地嚼出黏糊糊的胶液。

“我尿。”一滴糖分极浓的口水滴到他头发上。

“尿吧！”

儿子就尿了。好大一泡尿，淋湿了他的整个脊背。他不在乎。

“喝水喝水，甜甜酸酸的水。”他放下儿子，走到摊子前买汽水。儿子嘣着麦芽糖已经不怎么馋了，分心地四下环顾，眼光最后落到一个老人身上。老人矮小得几乎跟他一般高，但身坯很壮，头也大，加上乱草一样篷起的头发就显得更大；他的脸像油锅里滚过一般黝黑发亮，深刻的褶子在开阔的脸上倔强地四处游动；一件污垢斑驳的棉袄裹在光溜溜的身子上，腰际勒了一圈麻绳，没有一个扣子，敞开的衣胸露出灰蒙蒙的肌肤，一绺垢痂像积淀在沟底的胶泥从脖子朝肚腹延伸而下。老人没有腿，要不是他煞有介事地穿着裤子，人们会发现他的下身也没有，那儿黑乎乎的有一个深洞，屎尿便从洞中的两条孔道里流出，随时都在流，恶臭氤氲在四周，如同有一圈无形的堑壕拒绝着人们的靠近。他面前放着一顶皮帽，两扇耳朵软塌塌地耷拉在地上。富有同情心的人们将锃亮的硬币远远地抛过去，大都落在皮帽外面。老人俯下身子，吃力地够着，将分币捡起来放进皮帽。一首含混的歌带着呼呼噜噜的嗓音从他嘴里颤动而出，代替了渴望路人施舍的哀求。

儿子好奇地望了一会，回头寻找父亲，父亲不见了，当他再次将眼光投向老人时，发现父亲就立在老人面前，立得比谁都近。儿子过去碰碰父亲的腿，将他手中的那一瓶苹果绿的汽水使劲朝自己怀里拉。父亲突然一松手，儿子一个狗坐蹾坐到地上。他要哭，发现父亲并没有望自己，便起来再次贴近父亲的腿。老人不理他们，还在含混不清地唱：

山里的水萝卜川里的田，
杀了财主是好汉；
蓝茵茵的绸子红红的绢，
当了吃粮人扯你的卵。

“杨急儿！”

老人抬头阴阴地望他一眼，毫无反应。

“杨急儿，你咋在这里？”

老人停止了歌唱，两手撑地，划船一样朝前蹭蹭，将帽子里的分币一把一把装进胸兜。

张不三蹲下，直视他那张被刀斧重新砍削了一遍的脸。仅仅过了几年，他脸上已经没有了那种证明他健康强壮的红光紫气，脸膛也不再向外扩张，皮肉使劲朝一起撮着，眼窝又深又暗，似乎人世间的所有黑暗都凝聚着陷在里面。

“杨急儿，你不认得我了？”张不三不希望老人失去记忆。

老人脸上有几条皱纹突然改变了走向，嘴角有了一丝冷酷的笑，唱歌一样含混不清地问道：“你为啥不炸死我？是不想便宜了我吗？”

张不三诚实地点点头。

"报应！啥都会有报应的。我第一次见你的时候就认出你是谁了。你和你父亲长得一模一样。张老虎没有白养你。啊，张老虎有孙子了？"

这话让张不三不寒而栗，神经质地将儿子搂紧在怀里，似乎老人会倏然站起，用一双干柴一样的手将儿子顷刻撕碎。老人笑了：

"叫个啥名？"

"拴锁。"

"又要拴又要锁，不像张老虎的孙子。"

老人说罢，双手捺住地面，吃力地将身体撑起，朝前一弓再朝后一仰，便扭转了方向，然后用胳膊推动着身子，磨蹭着地面朝一边划去。每前进一步，鼻子就撮一次，牙齿就咬扁一次，额头上的肉塄就隆起一次。这种无法自禁的痛苦使他变得丑陋不堪，连张不三都有了疑问：他真的就是那个在古金场叱咤风云的汉子？然而让杨急儿从高大变得矮小的奇迹就是他创造的，在他应该万分得意的时候，却不期而然地有了一阵悲哀，好像杨急儿是一面镜子，从那上面他看到了自己和自己的儿子。一股恶臭拖在老人身后，就像狐狸被人追逐时释放的臊气。张不三感到阵阵眩晕，整个世界都让臭气熏得旋转起来。他赶紧扶住儿子的头。儿子正在有滋有味地咂汽水。

天麻麻黑时，张不三才扛着儿子回到家中。女人早把饭做好了，他坐在炕上闷闷不乐地吃，突然问儿子：

"棒棒糖哩？"

"吃完了。"

"汽水哩？"

“喝光了。”

他一巴掌扇过去，扇得儿子滚到了炕角，吼道：“你就不知道给你阿妈留一点？”

儿子哇哇大哭。女人爬上炕去抱住儿子，抚摸被他扇红的腮帮，困惑地问：“你今儿是咋啦？”

“没咋。”他把筷子撂到桌上，不吃了。报应，啥都会有报应的。他久久咂摸着杨急儿的话。从门外刮来的一股阴风吹凉了他的身体。

秋天是男人们从古金场归来的季节。今年的运气不好，他们带回来的狐狸皮件件不合标准，毛色不亮不纯不红，也不软不轻不暖。用人肉人血催生出魅力的狐狸正在迅速退化，或者叫复归自然。收购的人压低了价格，农民们说是城里人欺骗了他们。

收购工作断断续续地进行。在今年刚刚建起准备长期使用的仓库里，劣等的狐狸皮一层一层地摞起。就在这种令人扫兴的收购工作即将结束时，收购人员发现那种具有罕见的太阳自然色和具有令人叫绝醉倒的轻暖柔滑的狐狸皮又出现了，并且打听到，还有许多人都猎到了这种皮子，但他们等待涨价或私人贩子的到来。收购人员急了，分赴各乡各村一边搜寻一边收购，看货付钱，从二十元到六十元不等。然而不幸的是，他们扑向了狐狸的灿烂毛色，身后却有了更加灿烂的火色。仓库着火了。狐狸皮燃起了兽性的烈焰，耀红了半边天空。一眨眼工夫，和仓库并肩而立的百货大楼和仓库后面的汽车站也让火舌舔得通体红亮，整桶的汽油和煤油带着巨响赞助着火势，黑烟从每一个窗口里张牙舞爪地翻滚而出。红色的海洋上漂浮着黑白相间的浓雾。县城没有消防队，全靠民众从四面八方跑来，拿着水桶脸盆救火。他们齐心协力遏制住了大火，那些参差错落的居民的宅院幸免于难。至于狐狸皮和琳琅满目的商品以及汽车站的汽车在他们开始泼水洒土时，就已经成了枯焦一片的废物。后来附近的农民把狐狸皮灰烬用架子车拉去施进田里，据说第二年的庄稼长得出奇的好，人老几辈没见过。

收购人员来到围子村后，惊喜地发现，这里的农户只要是去了古金场的，都收藏着至少三张上等的狐狸皮，每张都以六十元开价，两天工夫，在场院那间孤零零的场房里就摞起了几百张火红艳丽的皮子。张不三对此依旧淡漠，整天窝在家里，吃女人做的饭，睡女人铺的炕，见到儿子调皮，有心无心地教训两句。

“这是哪来的？偷的？”

儿子望着被父亲没收的毛蛋（用线网包裹着的木球），犟道：“拾的。”

“哪儿拾的？说老实话。”

“场院里。”

“人家要过后放在那里了，你就往家里抱。去！哪儿拾的就放到哪儿，别给老子丢脸。”

儿子去了。女人埋怨他：“才几岁的娃娃，他懂啥？哪里就成贼了？”

他不吭声，烦闷地离开了女人。他觉得女人是对的，自己也是对的，都是为了娃娃好。

一天下午，场房里冒起了浓烟，几百张上等的狐狸皮创造出了上等的炽焰。张不三这才走出家门，多少有点幸灾乐祸地参加到救火的人群里。火是灭了，但狐狸皮却没救出半张来，场房的顶棚也坍塌得干干净净，焦棚焦梁坍塌在地或斜搭在残垣断壁上。张不三不愿意和别人一起站在那里发呆，回身要走，眼窝里却有了杨急儿丑陋不堪的身影。

杨急儿怡然自得地坐在不远处的一棵老榆树下，舒展着满脸褶子，抬起松弛肿胀的眼皮，一边观望他们，一边含含混混地哼着他的乞食歌。这个被炸掉了双腿的老人，是怎样忍受着痛苦一点点地摩蹭着地面来到围子村的，张不三闭眼一想，就觉得心里有一种骇人的惊悸。杨急儿是来讨饭的，除了张不三谁都这样认为。老榆树抖动浑身苍绿如墨的叶子和老人一起含混地歌唱，树叶摇下来，被风吹向他身后，就像砭人肌骨的雪片须臾消融在了暖地上。它身后是崖头，是一道不深也不浅的沟壑。被烧毁的场房前，有人开始大声诅咒老天爷。张不三当然不认为火是老天爷放的，但如果不埋怨老天爷又要埋怨谁呢？这是习惯。突然有人冒出一句很不得体的话来："关老天爷的啥事，不是人放的才怪哩。"

"谁？你不知道就别胡说。"张不三道。

"我知道，我知道。"一个嫩声嫩气的声音响起来。多么英雄的举动，有人放火时竟然被他瞅见了。他很得意，明白自己的话会产生什么样的效果。所有人的眼光都对准了他。他俨然成了一个了不起的中心人物，而且是在大人堆里。

"拴锁，不准胡说。"张不三厉声呵斥。

孩子神气活现地摇摇头："我没胡说。我就是看见了。"

"谁？"一个收购人员跳到他跟前问。

他黑亮的眼仁滴溜溜一转，飞快地跑向老榆树。人们紧跟着围过去。

“就是这个阿爷。”

“拴锁，你看见的不是他。”

孩子有些发愣，吃惊父亲为什么不让自己说实话。

“你看见他走进了场房？”收购人员蹲下，扳着他的肩膀问。

孩子摇头，望望父亲。张不三也在摇头，示意儿子赶快闭嘴。

“他没走进场房，咋放火？”收购人员又道。

孩子以为人们不相信自己，着急地说：“他把一个瓶子扔进了窗户，就响了……”

张不三瞪起血红的眼，往昔的残忍冷酷，丢失在古金场的野性精神霎时回来，灌满了他的每一条血管。他握紧了拳头，血管在手背上鼓胀着就要爆炸。他面前的儿子一直困惑着。

有人扑向杨急儿，撕开他的沉甸甸的棉袄，发现他腰际裹了一圈酒瓶，瓶子里是白色的炸药。杨急儿神态坦然，漠视着面前的人，含混不清地唱着歌：

> 蓝茵茵的绸子红红的绢，
> 当了吃粮人扯你的卵。

怒不可遏的收购人员一把拉歪了老人的身子，抬脚就踢：“你为啥要放火？说！”

“打！往死里打！”

同仇敌忾的人群里有个闯过金场的农民大声助威。

许多人按捺不住地动手了。拳打脚踢的声音和杨急儿的惨叫让张不三浑身战栗。他还从来没有为观看打人而战栗过。他禁不住喊一声：“别打了。”但这声音却被收购人员狂暴的质问冲撞得失去了作用。

“县城里的火一定也是你放的，说，是不是？狗日的你知道不知道，你一把火烧了多少？几百万呐！”

这话无疑是火上浇油。踢打老人的拳脚更多更有力。

张不三紧紧地咬住了牙关。他恨自己，恨儿子，恨面前这些满脸都是嗜血欲望的人，也恨此刻处于弱者地位却无法叫人同情的杨急儿。总之，一瞬间他发现世界上的事情没有他不恨的。他曾经就带着这种恨做了半辈子坏人，他残害过无辜，也有过以牙还牙的举动。如今一切都了结了，包括他家和杨急儿的世仇。他远远地抛开了古金场，抛开了欲望，他想变一变：像个最普通的庄稼汉，安安分分地居家过日子。可眼前的事实却让他大失所望：他变了，儿子却没变。儿子好的没学会，首先学会的是告密。是的，即使杨急儿该杀该砍，那也不应该由自己的儿子来引发。儿子的坏就是自己的坏。他发现他无力改变自己，那迟来的慈悲和温情又很快远去，像黄金台上骨殖堆里那蓝幽幽的磷斑，稍纵即逝了。

人们把杨急儿抬了起来，齐声喊叫“一二三”。忽一下杨急儿升空了，又忽一下朝老榆树后面落去。他那像一座土丘一样的身体在崖头上弹了一下，便歪歪地滚下了沟壑。一会儿，从沟底传来一声肉体粉碎的轰响。张不三跳过去，站到崖头上朝下看。惨白的烟尘飘浮在虚空之中，他什么也看不见，越是看不见就越想看，身体前倾，脖子伸得老长，像要带动双腿扑向沟底。儿子害怕了。他想不到自己的话会引来这样一个惊心动魄的场面。他似乎担心人们也会将自己抬起来，响亮舒畅地喊着“一二三”，甩几下然后抛进那个莫名的恐怖世界。他过去抱住了父亲的腿。父亲高声叫骂：

“畜生！我要你这没长进的畜生干啥？×你妈的杀人犯，要报应的！”

张不三揪住儿子的头发，将他撕离了自己的身子。儿子从腹腔中震颤出一阵惊恐的哭叫。张不三狠踹一脚。

“你死去吧！死去！”

在父亲的诅咒声中，儿子倒在地上，翻了一下身，就被一股从沟底卷上来的地狱阴风裹挟而去。沟底又是一声肉体粉碎的轰响。

“算了，不要了，养儿子养错了。”他开始喃喃自语，之后便死僵僵地立住了。那些刚刚从惩处邪恶的梦幻中清醒过来的人也和他一样愣在那里。

两颗豆大的泪珠闪闪烁烁地从张不三黯郁幽深的眼窝里滚下来。那泪是黑色的，带着凝固在黑眼仁上的仇恨和最后的欲望滴落在高高的灰黄的崖头上。大地稳然不动，若无其事地承受着如此沉闷、如此无望的眼泪的敲打。

三天后，几个警察来到围子村，说要对包庇坏人并害死亲生儿子的张不三绳之以法。但张不三已经飘然而去。他抛弃了悲恸欲绝的女人，朝古金场疾走，因为只有在那儿他才能摆脱人间的法律。但他也明白，那儿的生活规范比人间法律的制裁不知要严酷多少倍。

一年过去了，在唐古特古金场，在漫长寒冷的冬夜里，在鬼气森森的寂静中，在孤然兀立的高冈上，在荒原黑暗隐秘的深处，在那些秀丽的谷地和散发着死亡气息的坡坎上，一只狐狸悲怨而恐怖的嗥叫长长地划过天空。凄寒清冷的月亮受不了这极度伤感的刺激，挥洒出满天晶莹的泪斑，那便是遥远的星群。

荒原再也没有真正死去过。嗥叫代替了死寂，代替了一切天籁的奏鸣。继续闯金场的人说，那是张不三的声音。还有人看见张不三依然居住在黄金台西坡的石窑里。他身上火红一片——披着层层叠叠的狐狸皮或者浑身长出了厚实美丽的狐狸毛。

生活还在无限延续，古金场依然奉献着诱惑，每年都有大金子被某个幸运儿获得。于是厮杀不绝，人欲照样纵横流淌。

张不三的女人想死没死成，又嫁给了一个庄稼汉，重复着生儿育女的事情。她天生是个繁殖能手，一胎生下两个儿子，五脏六腑七官八能一应俱全，健康活泼得如同两头野马驹。轻柔的山乡绿风催促他们茁壮成长。

夏天，明媚的阳光让荒原变得一览无遗。一支有美国人参加的资源考察队进入唐古特古金场，结果便有了一起国际性血案。凶手在哪里？凶手是谁？全世界都茫然。写小说的人说：人类茫然的事情太多，最重要的是对自身的茫然。

阿哥终于没有等来送他去医院治病的那一天。他在谷仓哥哥从古金场回来的当年就死了。嫂嫂待小叔子仍然很好。

“结婚，想办法结婚。”

“嫂嫂，我要娶谁？”

“谁想嫁你就娶谁。”

“娶我的脬子蛋蛋哩。”他在心里说。

家里，他是唯一的男人，她是唯一的女人。男人该做的他全做，女人该做的她全做。她身体强壮，不知疲倦，夜里做针线活一直做到添了三次油的灯噗噗欲灭。而他却整日蔫头耷脑的，从田里一回来就窝在自己房里睡觉。听到嫂嫂喊他吃饭，他就一骨碌爬起来，趿着鞋过去。他的房是东房，嫂嫂住西房，西房是祖业，是他家传宗接代的地方，如今眼看接不上了。嫂嫂晚饭后塞给他一双新鞋。鞋是走路的，往哪里走？他苦苦地想。

“嫂嫂，我要走了。”其实他想说：“你该走了。”

“闯金场？”

他点头，心里却说：“下一辈子也不去。”

过了一个月，他终于没有走。嫂嫂待他越来越好，说话的调儿也变了。

“谷仓家，夜里盖好被儿，别叫风漏进去。”

“嗯啊。”

不知咋的，那日吃完黑饭他没走，斜靠到嫂嫂的被儿上就闭上了眼。嫂嫂不叫醒他。一直到半夜，他睁开眼听听很静，摸黑下炕，回到自己房里，脱掉衣服往被窝里钻。被窝里有人，他一下摸到她腰上。两个人都吃惊，都红了脸，都不知下一步咋处置。半晌嫂嫂捂住被儿说：“你还是去西房歇着。”他就去了，心里怪难受的。

他们就这样换了房。又过了一个月。这一个月比什么时候都难熬。西房是垒锅盘灶的地方，黑饭后刷锅洗碗，嫂嫂总要忙乎一阵，忙乎着星星就出来了。油灯点着后房里溢荡出些温馨神秘的气息。他躺在炕上望着她摇摇晃晃的身影，凄恻地叹口气。她回头撩他一眼，手里的抹布正抹着碗：

“咋了？”

“不咋。”

“乏了就睡。”

“就睡，嫂嫂。”

声音有点异样。她拧干抹布，将锅台抹得干干净净，过去，坐到炕沿上，就着油灯想做活儿。这时，他有了轻微的鼾息。她起身替他脱了鞋，又要给他盖被儿。他忽地坐起。

“嫂嫂。”

“咋？”

他把被儿夺过来扔了，睁圆了眼，握住她的手。她愣怔着，轻叹一声，便叹软了身子，叹出了绵绵情意。

这一夜，谷仓哥哥和嫂嫂睡在了一条炕上。

可是，无论她怎样纠正他对她的称呼，她在他心目中永远是嫂嫂。阿哥的阴影时时刻刻横挡在他们面前。外人咋说哩？嫂嫂，好嫂嫂，娶你就等于娶来了难过和羞耻，一辈子叫人笑话。只一个甜甜蜜蜜、忘乎所以的夜晚，他就后悔得恨不得马上走脱。往哪里走？古金场？他看看自己少了两根指头的那只手，浑身一阵悸动。死也不得好死的地方，去得？又一阵寒战，他连想也不敢想。那天黑饭后，他抢先来到了东房，从里面闩死了门。从此以后，东房的门夜夜闩着。嫂嫂兀自一人在西房炕沿上流泪，流了整整一夏。秋天来了，嫂嫂走了，说是回娘家，但一去不归。打光棍的谷仓哥哥如释重负，轻松自在了许多。光景由着自己过，不想去田里劳忙，就到村道上晒太阳，和别的一些闲汉们说笑话，说油了嘴，便不知不觉滑稽起来。

解手时，他拔了根阴毛捏在手指尖上，回到阳光下，耐心地等着一个小媳妇路过。

“你看我手里有啥？”

小媳妇在离他十步远的地方停下，眯缝着眼瞅瞅：“线。”

“线？再瞅。”

“黑线。”

“哈！黑线能是绕弯弯的？头发。有本事你把这根头发穿到针眼里。”

小媳妇的身上总是别着针。她抽下来，上前接过他说的那根头发，借着阳光往里穿。那东西弯弯扭扭不好穿，她便放到嘴里抿一下，然后再穿。

他单等这一抿，扑哧笑了。近旁的闲汉们比他笑得更浪。小媳妇茫然地望着他们。

“毬毛，你抿的是毬毛。”

小媳妇是见识过的，一想，也对，气红了脸，将针和毛一起朝谷仓哥哥打去。谷仓哥哥问她还想抿不？抿出了啥滋味？

“叫你阿妈抿去。”小媳妇骂着走了。

谷仓哥哥不笑了，嘎着嗓子，女声女气地叫：“小妈妈，跟我一搭晒阳娃。”

闲汉们挖苦讪笑他。他不理不睬，大度得俨然宰相。

有时他也凄然，想自己当年在古金场也是一条响响亮亮的好汉。如今咋了？懒了，软了，干啥都没劲气了。他黯然神伤，不由得叹嘘，不由得要轻唤驴妹子。但这是夜间的事。到了白天，依旧是晒太阳，依旧是当丑角。冬天的太阳无比温暖，全让谷仓哥哥霸占了。滑稽的事儿越来越多，全都有谷仓哥哥掺和，有时是主角，有时是配角。他永远滑稽着，渐渐忘了自己还没有女人的事。他显得老相了，在阳光下无所事事，转来荡去，从举止到神态都像一个安度晚年的老汉。他觉得这样很舒坦，没病没灾没牵挂也没有任何企盼。他想，要是自己能活八十岁，那就还有五十年的舒坦日子过。他心里美滋滋的，就像在古金场捧到了大金子。

可是，突然有一天，嫂嫂回来了，怀里兜着一个吃奶的娃娃，是有鸡鸡的。他惶怵不安。

“嫂嫂……你，嫁人了？”

“嫁谁？”

“那……”他瞅着娃娃。

“你看，方脸盘，大眼睛，阔嘴巴，像谁？”

“像……”

“再瞅啊，像谁？”

“不知道。”

“天哪，你咋就不明白，这是你的骨肉。”

“我的？”谷仓哥哥吓得浑身冷战。

“不是你的是谁的。”娃娃睡了，她放到炕上，拉开被儿盖住，就要打火做饭。

“嫂嫂……”

“别叫我嫂嫂。”

但她的名字他实在叫不出口，那是阿哥的专利，攫取它就是犯罪。他目光呆痴地望她。

吃过黑饭，他要去东房睡。嫂嫂一把将他拉住。

“都有娃娃了，还怕羞？睡一搭。”

谷仓哥哥就跟她睡在了一搭。半夜，他被嫂嫂撩拨得又做了一次他注定要后悔的事。

“你还怕旁人说三道四？”

他喘息着摇头。

“嫂嫂，我养活不了你。”

“一个大男人，有脸说这种话。”

他再也不说了。过了一段日子，他说他要走，要去闯金场，如果淘不来金子，打几只狐狸也能给她和娃娃置两件衣裳。嫂嫂没有阻拦他，觉得男人就应该这样精精神神地去为生活奔忙。

他去了。但他已经失去了往日的英武和强悍，而古金场偏偏又是个弱者的葬场。

嫂嫂并不以为他是死了。这没有胆气成家立业的男人，为了躲开她和娃娃，不知到哪里寻口(要饭)去了。她等着他，一直等着。

冬去春来，一年又一年。